JN173629

天

復刻版

伊藤淳二

——亡き妻　瑞子に——

改訂版　はしがき

『天命』発刊以来、思いもかけぬ多くの方々に読んで頂き、感想をよせていただいた。その中には、内容が簡潔すぎてやや理解の及ばぬところがあるとの指摘があり、それらを補修することが必要と思われた。

今回、これを補修―改訂版とした。

平成元年八月十五日

はしがき

一

人として生きているからには、自分の人生を、自分の望み通りに送り、出来るだけ健康で長生きしたいと思うのが当然であろう。

二

問題は、この、自分の望み通りという望みが、どういうことなのかにある。

物質的に自分のほしいものをすべて手に入れ、精神的にも自分の願いをすべて叶えれば、それで人は幸せであろうか。

三

私自身、今までの生涯をふり返ってみて、自分なりに満足してきた面と、思えば思うほど心残りのこともある。しかし、過ぎ去ったことは二度とかえらないし、失った機会もまた二度と戻らない。

どうすれば、どういう考え方にたてば、自分は大きく後悔せず、自分として満足した生涯を送ることが出来るのであろうか。

第一に結論をもたねばならぬことは、死生観、つまり、死ということに対する自分なりの考えであろう。第二に、自分の一生、何を理想とし、何を目的として生きるか、つまり人生観――何を人生の価値と考えるかという、人生観の根本をなす価値観であろう。第三に、その人生観、その根本となる価値観にもとづいて、その理想・目的を達成するために、如何なる手段をもちい、如何なる生活様式をとり、どの様な姿勢の生き方をするかという処生観であろう。

四

死生観、死について、私は肉体の有限と、精神――霊の無限を対比して考えている。肉体は、自分が生れる以前も、死後も、全く無であって、生きている時間だけの、有限の存在である。

では精神、霊はどうであろうか。
肉体に宿っている精神、霊は、肉体が生れる前、肉体が消滅した後、どうであるのか。
誰も証拠をもって説明することは出来ない。結局は、信ずるか、信じないかしかない。

生きている間に、さまざまな事件に出会い、さまざまな人に出会う。さまざまな事件は、二度とくりかえして起るとは考えられない。

しかし、さまざまな人が、この世で死んでいなくなっても、死後、肉体と同じく、その精神、霊が全く消滅すると、誰も証拠をもって説明することは出来ない。

それなれば、死後も、精神や霊の存在を信じる方が、安心する。少なくとも楽である。だから私は信ずる方をとる。

五

人生の理想・目的を何にするかは、その人の人生観――どのような生き方に意義をみつけ、価値をおくかという価値観にかかっている。

私は、河合栄治郎先生の理想主義的人格主義に、その人生観、価値観をおく。

人格とは、真・善・美の三つの大切な要素からなり、その完成に人生の最高の価値をおき、それを愛をもって死に至るまで追求し、自らの人間性の中に自らの努力によってとり入れ、錬成することにより成立する。死に至るまで！　終ることなき追求！　それゆえに理想主義なのである。

そして、真の愛とは、愛する対象に対して、代償を求めることのない絶対的な献身をすることであろう。

六

社会のあらゆる成員の人格的な完成が社会の理想であり、最高の価値であり、自分の人格的完成に常住不断努力し、併わせて、隣人の幸せと、人類社会の平和と進歩のために貢献し、生きることに生き甲斐を感じる。それが、理想主義的人格主義の人生観、価値観に立つものの処生観である。

人格的完成をめざして努力するには、いろいろな手段がある。それは、一人一人、自分で見出すしかない。

七

天命とは、自分の生死、生きている間、自分が遭遇するさまざまの事象、事件、の生起消滅の全てを天の意志と観じ、そのことに真正面から自分の全智全能を傾けて当たり、その結果の全てに天の意志を観じて諦観することに他ならない。

天とはすべての存在、有と無のすべてに超越し、その内奥ですべてを総括支配する。それはゲーテの『ファウスト』にいう「奥の奥なるもの」、絶対なるものである。

そういう生き方をした人がいるだろうか。いる。いや、居られた。今から二千五百年も前に！

それが孔夫子（こうふうし）である。

八

私は以上のべたような、死生観、人生観、処生観に立ってきた。そしてこれからも立っていきたい。そして、孔夫子を仰いで生きぬきたい。

九

『天命』は、論語の章句によって、自分の生き方をしたためた。

『読書日記』は、人格の完成の手段としての読書を通じて、自分の考え方をつづった。

『忘れ得ぬ人々』は、今まで生きてきて、自分が縁あっておつき合いしえた人々の中から、忘れえぬ人々を通じて、自分の人間観をまとめた。

『今』は、歴史への痛恨と、世にある独断的な史観に対する否定である。

今の自分の存在がどうしてありうるか、今の平和、今の幸せがどうしてあるのか、この人たちが、私たちの生を、死をもって守って下さったのだ。日本人のすべてが、心からこの人たちに感謝の誠を捧げ、その霊にぬかずかぬにはいられないであろう。

天命　目次

天命

「今」

読書日記

忘れ得ぬ人々

美しき晩年のために

題字は「張廉卿千字文」より

天命

一　たった一冊の書

もし自分がロビンソンクルーソーのようになって、たった一人離れ小島で暮らさねばならなくなり、たった一冊の書のみ携行を許されるとしたならば、何にするか。私は躊躇（ちゅうちょ）なく「論語」にする。論語はいうまでもなく今から実に二千五百年前に中国に生まれた聖人「孔子」とその弟子たちの言行を記録したものである。

孔子「私はね、かつて一日中食べもせず、一晩中寝もせずに考え続けた事があった。でも、何も得る事はなかったね。結局、書物を一生懸命読んで勉強するに限るよ」
弟子「書物を読めばよろしいのでございますか」
孔子「もっとも、いくら一生懸命、書物を読んだって、書いてある事について自分で思索しないと、実際には何の役にもたたないし、さりとて思索するだけで書物を読まないと、独善的になって危険な誤りを犯す事があるね」（論語）

ここに、木村久夫君は、過ぐる大戦で応召中、捕虜収容所の通訳をして居たが為に冤罪（えんざい）を蒙り、昭和二十一年五月、戦犯としてシンガポール・チャンギー刑場の露と消えた一学徒兵である。彼は獄中に在って、田辺元博士の『哲学通論』を繰り返し読み、死の寸前迄その所感を欄外に記し、処刑の当日、全く動揺する様子もなく従容として死に就いたという。その悲痛な遺句がある。

『明日という　日もなき生命　抱きつつ　文よむ心　つくることなし』
『をののきも　悲しみもなく　絞首台　母の笑顔を　抱きてゆかん』
（塩尻公明・人生論Ⅱ―若き友へ贈る―或る遺書について）

勿論、死を迎える迄の間、その無実を訴える術もなく懊悩煩悶した時もあったであろう。然し、彼が最後に諦観して死生を超越したのは、実に一冊の書に依ってであった。彼の胸中に思いを馳せる時、又、青春時代半ばにして国家の急に赴き、無念に散った数多くの木村君あるを思う時、私は今も尚、涙に咽ぶ。

私は昭和十五年、古本屋で、室伏高信「論語」を求め、昭和十七年、秋月胤継「論語義解」を手にして以来ほとんど四十数年、座右の書として読み続け、処世最大の指針、心の支えとしてきた。引用する論語は私なりに自在に解釈しているが、主として、吉川幸次郎「論語」、「論語について」、宇野哲人「論語」、金谷治「論語」、貝塚茂樹「論語」、吉田賢抗「論語」、山田勝美「論語」、宮崎市定「論語の新研究」、下村湖人「論語」、澁澤栄一「論語講義」、穂積重遠「論語」、桑原武夫「論語」、和辻哲郎「孔子」、加地伸行「論語を読む」、合山究「論語解釈の疑問と解明」、白川静「孔子伝」、諸橋徹次「論語の講義」等を参照にした。

孔子が人間の理想像とした「君子」を組織のトップと見れば、今も、論語は生きて居り、生涯を通して座右の書を持つ者は幸せである。

子曰「吾嘗終日不食、終夜不寝、以思。益無。不如学也。」（衛霊公）
子曰「学而不思、則罔。思而不学、則殆。」（為政）

二　人生の黄金律

経営はいかなる時代においても激甚なる競争場裡（り）にあり、勝つか負けるか、興亡盛衰の非情な審判に絶えず直面する。勝つ人がいる半面、敗れる人もいる。
多くの場合、勝者の周辺には求めずしてこれを取り巻く人々が集まり、敗者には一顧も与えず昨日の友までも去って行くのが世のならいである。

弟子「先生、一生涯これを守っていればよいという訓（おし）えは何でございましょうか」
孔子「そう。恕（じょ）ということかなあ。恕というのはね、自分がして欲しくないことは他人に対してもしないということなんだよ」
弟子「もう少し具体的にお教え下さい」
孔子「それはね、ひとさまに対しては、大切なお客様に接するように心をこめて謙虚におつき合いし、他人を使う立場に立ったら、その人はすべて天から授かった子供だと思って大切に扱いなさい。それが恕、つまり思いやりなんだ。そうすりゃ、だれからも恨まれはしないよ」（論語）

聖書マタイ伝に「凡て人に為られんと思うごとは、人にもその如くせよ」とあり、またルカ伝には「汝（なんじ）ら人にせられんと思うごと、人にも然（しか）せよ」というキリストの言葉がある。人生の黄金律といわれるゆえんである。

昭和四十七年七月。福田赳夫先生が総裁選に敗れた翌日、その事務所を訪ねた。選挙前までのむせ返るような熱気と人々の群れに囲まれていたのがうそのように、福田さんは一人、ぽつねんと座っていた。「いつか、天が先生を求める時があります。ご自愛下さい」と言った私の手を固く握り、福田さんはただ一言、「この度の事で人の心が分かりました」といわれた。

恬淡たるお人柄の中にいつまでも青年のごとき情熱を秘め、我が身を顧みず国の将来を憂え行動する至誠。

ひとは世代交代などという軽薄な絶叫に迷わされてはならぬ。問題は世代ではなく毀誉褒貶（きよほうへん）を超え、一身をなげうって国事に赴き、国民の前に理想の灯を点じる、高橋是清的、鈴木貫太郎的重厚かつ見識ある人物なのだ。（高橋是清自伝・自伝鈴木貫太郎）

昭和五十二年八月。ロッキード事件にまき込まれた檜山廣氏を事務所にお見舞いした。関西の一繊維商社を日本有数の総合商社にするため、檜山さんは文字通り骨身を削って東奔西走された。水戸っぽ特有の朴訥（ぼくとつ）さ、清冽（せいれつ）さ。その檜山さんを訪ねる人は少なく、檜山さんは黙々と孤独に耐えて戦っておられた。しばらくお話して帰り際に「こういう時、本当の人が分かります」と手を握られた。

大切な事は、相手の立場に身を置いてみる。そして人が不運にある時、平常にもまして大きな真情を尽くす事ではないか。

子貢問曰、「有一言而可以終身行之者乎。」子曰、「其恕乎。己所不欲、勿施於人。」(衛霊公)

仲弓問仁。子曰、「出門如見大賓、使民如承大祭。己所不欲、勿施於人。在邦無怨、在家無怨。」(顔淵)

三　義理と人情

義理と人情は、日本の社会にあって、人の心の底にしっかり根を下ろしている価値観である。時に人情は義理の前に、義理は人情の前に罌粟(けし)粒のごとく小さい物となる。ために、この二つの板ばさみに合って多くの悲劇が生じ、あるいは美談が生じ、文学や、芝居や、歌やで多くの日本人の涙を絞る。

私は何だかだといっても、この義理と人情の間に生きる人が好きである。否、敬愛する。

孔子「正義が必要の時、正義が失われようとしている時、それを知りながら、また、その場に居合わせながら、知らんふりし、見んふりするのはひきょう者だし、軽蔑すべき人だよ」

弟子「さわらぬ神にたたりなしで、つい見て見んふりをしてしまいます」

孔子「君子はね、敵とか味方とかの区別をせずに、いかなる相手に対しても、義理を貫いて接するものさ」

弟子「義理を貫く場合大切なことは何でしょうか」

孔子「うむ。先ず正義を根本とし、礼儀と謙遜（けんそん）と誠意をもってその正義を行う者が、本当の君子なんだなあ」

弟子「義理を貫くと人情がうすくなりませんか」

孔子「本当の愛、人情のある者だけが善なる人を愛する事が出来るし、悪をなす人を憎み、義理を貫く事が出来るんだ」（論語）

昭和五十二年四月期。オイルショックによる打撃が甚大であった我が社は、ついに無配に踏み切らざるを得なかった。経営者として、無配はその理由のいかんにかかわらず、一切の弁明を許さない最大の経営責任となる。四面楚歌となり、社内でさえも少なからざる人が動揺、思いもかけぬ人が態度を一変、傍観者となり、甚だしきは批判者となって手のひらを返して非難を加えた。

この時、社外にあって私の最大の力となった方は、小山五郎三井銀行相談役であった。小山さんの大阪支店長時代、ある問題に関して胸襟（きょうきん）を開く仲となった。無配に際して、小山さんが「どのような状況に君が追い込まれようと、たとえ銀行と君との間に何が生じようと、小山五郎は常に君のサイドに立っている事を忘れないでくれたまえ」といわれた一言は、私の魂を揺り動かした。

社内における労働組合歴代組合長はじめ、大部分の従業員たちの私に対する不変の信頼と協力と、社外における小山さんの存在こそは、私が万難を排して経営の再建に当たり、復配に向かって全社中を結集し得た原動力であった。

小山さんの男としての友情。義理に堅く、人情に対して厚く、いかなる場合にも断固として信義を揺るがせにしない、正に義理と人情の人、小山さん。私の胸中をあらわす言葉を知らない。


義理と人情が対立する時、例外は親子関係のみ人情を義理に優先させるべきであって、あくまで人情より義理を先にしなければならぬ。私の人事政策は、社内の幹部の何人からか「義理に堅すぎ人情に弱すぎます」と言われる程、義理と人情の間をゆれ動いた。しかし、私はその事を後悔していない。

子曰、「非其鬼而祭之、諂也。見義不為、無勇也。」（為政）
子曰、「君子之於天下也、無適也、無莫也、義之与比。」（里仁）
子曰、「君子義以為質、礼以行之、孫以出之、信以成之。君子哉。」（衛霊公）
子曰、「惟仁者能好人、能悪人。」（里仁）

四　三千年先を読む

一九八〇年代は不確実性の時代、乱気流の時代等と言われながらはや五年が過ぎた。人はどのような未来が展開するのかほとんど未知のまま、生きている。

経営もまたしかり。だが、明日以降の未来がどのように未知であっても、出たとこ勝負の経営をする事は出来ないのだ。

三年とか、五年とか、十年とかの中長期計画を立て、それに従って経営せねばならぬ。思わぬ変化が生じた場合は、素早く対応する手を打つしかない。

一体、経営者はどのようにして中長期の計画を立てるべきか。

弟子「先生。三百年先の事が分かりますでしょうか」

孔子「分かるとも。今から先の事を分かろうと思うなら、過去の事をよく知ればよい。歴史の中で変化するものと、変化しないものをよく分析検討して見ると、三百年どころか、三千年先だって分かるはずだよ」

弟子「！…」

孔子「流れゆくものはすべて、川のようなものか！　昼も夜も絶え間なく水は流れて、一刻も同じ水ではない。しかも、川はこうしてここに在る。現象は変わっても、本質は変わらないんだ。人生だって、歴史だって！」（論語）

合繊業界は昨年（五十九年）から再び大不況に直面している。今年の春、北陸を訪問し困難に呻吟（しんぎん）する産地の方々と懇談した時、私は一つの提言を行った。

「綿業の歴史に学ぼう。二十年前、日本綿業は今の合繊と同じ困難に直面した。自らの国際競争力を過信して一つは操短、二つは設備廃棄をして需給の調整を図ろうとした。

遺憾な事に、日本綿業はいつの間にかその競争力を失い、二つの施策は何の効果もなく、発展途上国の綿製品が国内に怒濤（どとう）のごとく流入したのだ。

十年前、すでに国内市場の一四％近くを占有した発展途上国からの輸入綿製品は、今や占有率四五％を超えている。

大切な事は、需給を調整するのではなく、守るべき城と捨てるべき城を明確にし、守るべき城の国際競争力を強化する事なのだ。その方法は、歴史的な視点と、全地球的な視野に立って、冷厳に自らの強さ、弱さを見つめる事から始まる」と。


五十年近く前に英国ランカシャー綿業がたどった同じ道を歩いて自滅しないため、確かに生き残る道は二つに絞られる。

一つは産業政策。農業と同じく独立国家の自衛産業として米国のように一定の自給率を決める。それ以外は他国に開放する。

二つは自給する市場を守るため、業界が激しく競争し淘汰（とうた）し合う。

今や自由経済は裸のままでは通じぬ。

歴史の中に不変なるものと、変化するものを見出す。現実に処しては、不変なものとして守るべきもの、変化するものとして捨て去ってゆくものを明確にする。これが歴史の教えなのだ。

子張問、「十世可知也。」子曰、「殷因於夏礼。所損益、可知也。周因於殷礼。所損益、可知也。其或継周者、雖百世可知也。」（為政）

子在川上曰、「逝者如斯夫。不舎昼夜。」（子罕）

五　勇　気

経営者は時にあらゆる困難に際会して、地位を顧みず、断固立ち向かわねばならぬ事がある。

大勢順応、長い物に巻かれろ式の妥協や人気取りの姿勢を取っている間に、会社は取り返しのつかぬ危局に落ち込む。

その時、決然として身を挺（てい）し、最も困難な事柄に自らが当たる勇気が求められ、それを支えるものは大義名分に立つ強烈なる信念であり、トップとして会社を守る確固たる使命感である。

弟子「君子とは、勇気がある人をいうのでしょうか」
孔子「いや、勇気という以上に大義に立つ者を君子というのだよ。君子でも勇気ばかりで、大義のない者は暴虎馮河（ぼうこひょうが）といって単なる無謀者に陥るし、小人物で大義なき勇気の持ち主は、まかり間違うと泥棒になるのさ」
弟子「仁者は憂えなく、勇者は懼（おそ）れないといいますが、この人は君子でしょうか」
孔子「自ら顧みて疾（やま）しい所がなければ、一体、何を憂え、何を懼れるのかね」
（論語）

岸信介首相は大デモ隊に官邸を包囲されて生命の危険すらある中で、六十年安保延長による国家の安全をはかり、佐藤首相は万難を排して沖縄の返還をなした。両首相とも在任中、必ずしも人気は高くなかったが、自らの信念を貫いて、一身を顧みず国家百年の計を図って大事に当たった勇気は、歴史に不滅の光を放っている。

昭和四十六年、折から日米繊維戦争の真っ最中、私は紡績協会の委員長として、官邸に、佐藤首相を訪れ、「繊維業界は、国のためならいかなる犠牲も忍ぶ覚悟はある。沖縄返還という大義の前ならば、それなりの対応の仕方がある。『糸と沖縄との取引』という約束を、ニクソン大統領にしたというわさは本当ですか」と切り込んだ。

首相は「絶対にしていません」と答え「首相として最大の使命は沖縄の返還にある」と結ばれた。

日米は太平洋をへだて互譲補完、二度と争ってはならぬ間柄と同感し合って別れたのである。私は佐藤さんの至誠に動かされた。

岸さんは当社の相談役であられるが、お目にかかるたびに、かつて「カミソリ・岸」といわれた岸さんが円熟玲瓏（れいろう）となられ、今も変わらぬ国を思う至情に打たれる。古来、名宰相といわれた人で在任中人気の高かったためしは少ない。岸さんの思想信念を批判する人もいようが、所信に生きる姿勢に頭が下った。

「株主総会に若い者が『行く』といっているが」と児玉誉士夫氏に問われた。「私には会社を守る使命がある。総会議場でお会いします」とこたえた私を、氏は亡くなるまで、賓客として遇し、若い者をいさめて戦前の国士の面でのみ接したのであった。

経営も大義のためには、時に捨て身の勇気が求められる。

子路曰、「君子尚勇乎。」子曰、「君子義以為上。君子有勇而無義、為乱。小人有勇而無義為盗。」（陽貨）

子曰、「暴虎馮河、死而無悔者、吾不与也。必也臨事而懼、好謀而成者也。」（述而）

司馬牛問君子。子曰、「君子不憂不懼。」

曰、「不憂不懼、斯謂之君子已乎。」

子曰、「内省不疚、夫何憂何懼。」（顔淵）

六　天　命

会社に入って幾星霜、定年を迎えて第二の人生に臨む者、多くの同僚先輩を抜いて重役に選ばれる者、サラリーマンの人生は、例外を除いてこのいずれかの岐路に立つ。

トップとして最大の責任は、天に祈る心境でだれを重役に選び、だれをトップの座に推すかにある。選ばれた者は、何よりもまず謙虚。いやしくも自らの力でその座を勝ち得たというおごりがあってはならず、利己心を厳しく自制し経営に献身せねばならない。
孔子「天命を悟らぬ者は君子の資格はない。礼儀を知らぬ者、人の言葉に耳を傾けぬ独善的な者は、友達が出来ないね」
弟子「君子も畏（おそ）れますか」
孔子「畏れるとも。三つの事を畏れる。一つは天命を畏れ素直に従う。二つは年長者を畏れ大切にする。三つは聖賢の教えを畏れて忠実に守る」
弟子「ただ畏れるのみですか」
孔子「いや、ここ一番という時、納得のいかぬ時、師に対しても妥協してはならんよ」
（論語）

天命とは一体何であろうか。
昭和四十三年。私が社長に就任した時、信条として「天命を信じて人事を尽くす」と言ったところ、マスコミの人から「人事を尽くして天命を待つとどう違うのですか」と質問された。「人事を尽くして天命を待つ」というと、人が何かをなした後、ハラハラしながら天の審判を待つというように解せる。

結果が良ければいいが、悪いと天を恨みたくなる。「天命を信じて人事を尽くす」とは結果の善しあしをすべて天にまかせる。たとえ、期待に反する結果でも甘んじてこれを受け、自分が最善を尽くしたかどうかだけを反省、常にせい一杯、努力して生き抜く。

昭和三十年。入社後七年目に私は長野の工場から大阪の本部に転勤した。時折エレベーターに乗る武藤社長を見かけることがあった。常に「もし社長と同乗する機会があり、何か尋ねられたら、その時、自分は何をこたえるべきであるか」と考えていた。

幸い賞与の礼状に書いた意見が社長の目にとまり、二人だけでお会いする機会を得た。三十三歳のころ、正に一期一会にかけた毎日であった。

人は生まれて死ぬ。生と死との間の限られた時間。どうせなるようにしかならぬと無為に過ごすか、限られているからこそ、毎日自分の最善を尽くして生き抜くかで、人生の価値は大きく分かれる。

天はすべてに超越し、すべてを支配し、すべてを知って、結果よりもその過程に価値を置く。

私は、武藤社長に邂逅（かいこう）し、ひたすら仕え、時に面を冒（おか）し、後継者に選ばれた。これも天命であったか。

子曰、「不知命、無以為君子也。不知礼、無以立也。不知言、無以知人也。」（尭曰）

孔子曰、「君子有三畏。畏天命、畏大人、畏聖人之言。小人不知天命、而不畏也。狎大人、侮聖人之言。」（季氏）

子曰、「当仁、不譲於師。」（衛霊公）

子路問事君。子曰、「勿欺也。而犯之。」（憲問）

七　天皇陛下

昭和六十年。半世紀の間に世界は激動した。わけても戦争に明け暮れ、第二次大戦で敗戦という冷厳な事実に直面しながら、民族滅亡の危機を避け得て今日の繁栄を謳歌している日本。何故にかくも隆盛を見たのか。

日本人の勤勉さ、単一民族としての共同性、安定した政情、憲法による平和の維持、種々理由はあろうが、大戦による三百万を超える戦没者の犠牲と、当時の政府がなすすべを知らず、責任を拋棄した時、終戦を決断して国の破滅を防がれた天皇のご存在を忘れてはならない。

君主「君主が臣下に接し、あるいは臣下が君主に仕える大切な事は何と思われるか」
孔子「一言で申しますと、君主は君主らしく、臣下は臣下らしくする事。あたかも父親が父親らしく、子供が子供らしくが家庭で大切なのと同じでございます」
君主「君主らしく、臣下らしくを具体的に話されたい」
孔子「君主は礼をもって臣下に接し、臣下は忠―まごころをもって仕える事でございます」
弟子「先生。子供らしくとはどういう事でございますか」
孔子「父親が生きている時は、その言う事に従順、亡くなって三年間は父親の考え方や生き方を変えない事だよ」（論語）

昭和五十一年十一月。天皇即位五十周年式典で、戦前・戦中・戦後四十年にわたり、議会政治と国際平和のため、軍閥・官僚・金権政治に対して不屈の信念をもって戦い抜いた三木首相が、陛下の前に進み出た。恭しくお祝詞を述べ「陛下。長い間、まことにご苦労様でございました」と深く頭を下げると、陛下がまた深くうなずかれるお姿が胸を打った。

その後、豊明殿で、両陛下のお催しになるお茶会に招待される旨、宮内庁から案内があった。

当日、陛下のお言葉の後に、出席者を代表して高橋誠一郎先生がお祝いの言葉を申し上げた。その結びに「陛下。お願いがございます。陛下にはますますご長寿の上、即位百周年をお迎え遊ばしますよう。そしてその時、是非、私をお招き下さいますように」。

九十歳を超えた高橋先生のお願いの言葉に一瞬、シーンと湯内がし、やがて陛下がお口を大きくあけて高らかにお笑いになり、次いで皇后様。そして居並ぶ出席者一同の大爆笑となった。美しき限りの和楽の姿があった。

私たち戦中派の少なからざる仲間が戦場に赴いて帰らなかった。ために錯綜（さくそう）した感懐がある。しかし、私は思う。「歴史の審判を他国にゆだねて、大切な英霊を宙に浮かし、憲法第一条に国民統合の象徴とある大切な天皇ご一家を、宮内庁はじめ一部の人々だけに任せておいてよいのだろうか」と。

何よりも憲法の護持責任を担う、与野党の代議士各位に問いたい。（大宅壮一「実録天皇記」、児島襄「天皇」、加瀬英明「天皇家の戦い」）

斉景公問政於孔子。孔子対曰、「君君、臣臣、父父、子子。」公曰、「善哉。信如君不君、臣不臣、父不父、子不子、雖有粟、吾得而食諸。」（顔淵）
定公問、「君使臣、臣事君、如之何。」孔子対曰、「君使臣以礼、臣事君以忠。」（八佾）
子曰、「父在、観其志、父没、観其行。三年無改於父之道、可謂孝矣。」（学而）

八　天地知る

経営者はふと孤独に襲われる。だれに相談する事も出来ず、だれに教えを請う事もかなわぬままに、重大な決断をせまられる。

時に非情に徹し、時に多くの反対を押し切って結論を出す。

多くは現状維持論が主流をなし、結果論が幅をきかす。それでいてその全責任はトップの双肩にかかるのだ。多くの場合、良くて当然、悪ければ激しい責任追及の狼煙（のろし）が上がる。

孔子「一生懸命読書し、常に読み返し、復習する。なんて嬉しいんだろう。心の友がいて遠路はるばる来てくれ、大いに語り合う。なんて楽しいんだろう。たとえ自分の事を世間が理解してくれなくたって決して誰もうらまない。これこそ本当の君子じゃないか」
弟子「先生を理解しない者などおりましょうか」
孔子「いいさ。だれも私を理解してくれなくたって。天がきっと理解して下さるよ」
弟子「私たちがおります！」
孔子「徳を求めて精進している人は決して孤独じゃない。必ず理解してくれる人が現れる。たとえ現世でなくたって、後世にきっと現れる！」（論語）

私の母方の曾祖父・江藤新平は佐賀の役で非命にたおれた。その死に臨み、「ただ皇天后土の我が心を知れるあるのみ」と言い「ますらをの　涙はそでに　しぼりつつ迷ふ心は　ただ君がため」とのこした。昨年（昭和五十九年）、佐賀テレビが「天地知る。日本近代化の旗手、江藤新平」という番組を放映、地方局制作としては異例の高視聴率を得、再放映を行った。

江藤ののこした最後の言葉。一体何を首おうとしたのか。皇天后土に何を知ってもらい、君のため、何を迷ったのであろうか。

その志は二つあったように思う。一つは、不平等条約を改正して日本を国際社会に列せしめる。そのため、立法・行政・司法の三権分立による憲法を制定し、近代国家を早急につくり上げる。その基盤として、官権に対する民権と人権を確立する。

二つは、徳川幕府に代わった薩摩、長州藩の藩閥政治を打倒する。これがため、司法権の独立を図る。

東京遷都、民選議院設立、人身売買禁止等、数多く先見を示し、初代司法卿となりながら、慰撫に赴いた佐賀藩士と共に志破れ、政敵により自ら改正した法律を適用されず、旧法によって無念非業の生涯を終えた江藤であった（毛利敏彦「江藤新平」、的野半介「江藤南白」、鈴木鶴子「明治維新と江藤薪平」）。しかし、死後百年を経て「日本近代化の旗手」とまで言われ、定めし地下にあって後世に知己を得たことを喜んでいるであろう。

真実を求め、道義に生き、天意に添わんとして日々全身全霊を尽くして生きる者は、現世に理解されずとも後世に知己がいる！

子曰、「学而時習之、不亦説乎。有朋自遠方来、不亦楽乎。人不知而不慍、不亦君子乎。」（学而）

子曰、「莫我知也夫。」子貢曰、「何為其莫知子也。」子曰、「不怨天、不尤人。下学而上達。知我者其

天乎。」（憲問）
子曰、「徳不孤、必有隣。」（里仁）

九　我以外皆師

経営者は、実に多くの各界トップの人に接する機会があり、各界のトップに立つほどの人は、よほどの例外でない限り、素晴らしい人、敬服すべき人が多い。
その抜きんでた方々によって、私は自らの経営観、人生観を反省し続けて来た。

孔子「わずか三人いても、その中に教えを受ける師がいるものだよ。良い所を持っている人から、良い所を学び、欠点のある人から、顧みて自分も同じ欠点がないか、反省出来るしね」
弟子「先生の理想とする人をお聞かせ下さいませんか」
孔子「年よりには心から安心され、友人には信頼され、若い人から懐かしがられる温かい優しい人になりたいなあ」（論語）

越後正一氏（伊藤忠相談役）と岡崎忠氏（元神戸銀行頭取）は、私が社長に就任以来、正月には必ず大阪の本部に訪ねて下さった。岡崎さんの白髪端正、気品ある風貌にバンカーの典型を見る思いがする。天性明るく清廉なお人柄。お会いする度、その人なつっこい笑顔に心が和む。

越後さんは「あんたはんに会わんと正月の気がせえへん」といわれ、その年の景気について独特の見方を披瀝された。それが不思議に当たる。ある年の正月。

「伊藤さん。手帳あけなはれ、四月二十九日。ジャパンエースでゴルフ。よろしいな」。そして三越につれて行かれ、ゴルフ道具一式、服装、靴に至るまで、一切合財整えて下さった。

私は生まれてクラブを握った事がない。さて当日。行って驚いた。越後兄弟、藤田藤氏（伊藤忠副社長）、それにシングルで鳴る綾羽紡の河本嘉久蔵氏がニコニコ顔で私を迎えられ、やがてグリーンに出たのである！

哀れな始末となったが、私の健康を案じて下さる越後さんの、優しい思いやりが胸にしみた。

昭和四十五年。「この年をファッション元年と呼ぼう。東京と大阪を世界のファッションのメッカにしよう」と、大見得きったカネボウファッションフェスティバルの時、真っ先に楽屋に私を訪ねて激励して下さり、父母が亡くなった時、袈裟（けさ）姿で弔問にかけつけて心から慰めて下さった。

越後さんは、丸紅の檜山廣さんと同じく彫心鏤骨（ちょうしんるこつ）、関西の一商社を、世界的総合商社にされた。

お二人に共通するものは、外柔内剛、しかも一切その功を誇らない奥ゆかしさであろう。「最後の近江商人」といわれる越後さんの勝負師らしい先見性と度胸。深い信仰による慈悲心。見るとなったらトコトン面倒を見る優しさ、その懐かしさ！

私達が接する多くの人々は、思えばすべて我が身を顧みる師である。

子曰、「三人行、必有我師焉。択其善者而従之、其不善者而改之。」（述而）

顔淵・季路侍。子曰、「盍各言爾志。」子路曰、「願車馬衣軽裘、与朋友共、敝之而無憾。」顔淵曰、「願無伐善、無施労。」子路曰、「願聞子之志。」子曰、「老者安之、朋友信之、少者懐之。」（公冶長）

一〇　政は正なり

政治の一番大切な事は、国民の信望を得る事であり、経営の一番大切な事は、従業員の信望を得、心を感じる事であろう。

いかなる組織でも、トップは自ら掲げる理想、理想を達成するための方針、方針を実行する姿勢が大切である。それらが総合して全組織の人々に問われ、その上で実績と、実績を得るまでのプロセス（過程）の評価がなされる。

弟子「政治とは何でしょうか」
孔子「経済を豊かにし、国防を完全にし、民の信望を得る事だ」
弟子「経済・国防・民の信望の三つ。重要な順をご教示下さい」
孔子「民の信第一。経済第二。国防第三さ。経済が貧しければ、国防はできない。経済が貧しくても国は滅びんが、民の信を失えば国は滅びる。分かったかね」
弟子「分かりました。では民の信はどうすれば得られますか」

孔子「いいかい。政とは文字通り正だよ。正しい事、真実な事を、上に立つ者が身をもって実行したら、民は必ずついてくる。結局民は上の人を見習うんだよ」
弟子「他にありませんか」
孔子「私は聞いているよ『政治の要諦（てい）は不公平・不安定をなくすにあり』とね」
（論語）

昭和四十八年九月。日中国交回復後、鐘紡が周四条件を認めぬまま、私は経済訪中団の一員に加えられ北京を訪問し、人民大会堂で周恩来総理との会見に列し得た。

人民服に身を固めた周さんは、とても革命を成しとげた人とは思えぬ柔和な、温厚な人柄を感じさせ、団員に自らたばこをすすめ、親し気に語りかけた。

「私たちは北京を包囲した時、わずか三日間で戦いが終わるとは想像もしなかった。結局、私たちが人民の信頼をかち得たのです」と。そして「中国は経済的に後進国で、お国に学ばねばなりません」と。

別れるに際し、団員一人一人の手を固く握りしめ、ジッと見つめた眼光はさすがに鋭く、何かを求め、何かを訴えるがごとく光っていた。見ると胸に「為人民服務」というバッジが輝いている。ただ人民のため一筋に生きようとする誠実と無私、自国の弱点を率直に語る謙虚な周総理に、私は、真の政治家を見た。

営利会社も顔負けする多くの政治・宗教・教育・財団関係の収入を免税にし、正直に申告する企業とまじめな給与所得者から、不公平極まる税を、甚だしきは六〇％も八〇％も取り立てて心の痛みを感じない政治。我が国には「為自分服務」の利己的政治屋が多過ぎはしないか。

思えば、第一に常に従業員の目と心を意識し、第二に言った事は必ず守る。第三に公平無私。これが、社長職十六年間を支え、従業員の心と信を得る道であった。

子貢問政。子曰、「足食足兵、民信之矣。」子貢曰、「必不得已而去、於斯三者、何先。」曰、「去兵。」子貢曰、「必不得已而去、於斯二者、何先。」曰、「去食。自古皆有死。民無信不立。」（顔淵）

季康子問政於孔子。孔子対曰、「政者正也。子帥以正、孰敢不正。」（顔淵）

孔子曰、「……丘也聞、『有国有家者、不患貧而患不均。不患寡、而患不安。』」（季子）

子謂子産。「有君子之道四焉。其行己也恭。其事上也敬。其養民也恵。其使民也義。」（公冶長）

子曰、「道之以政、斉之以刑、民免而無耻。道之以徳、斉之以礼、有耻且格」（為政）

一一　美しき晩年

いつまでも若くありたい、健康で長生きしたい。常に心身ともに美しくありたいという願いは、万人が心の中に抱くものであろう。

美しい晩年を生きる二人の方。一人は善意とヒューマニティーにあふれ、東洋を愛するアメリカンファブリック（繊維情報誌）オーナー、アメリカ人、W・シーゲルさん。一人は服飾界の先駆者であり、いつまでも若く美しく、美の道統を求めつづける田中千代さん。お二人とも永年、当社の顧問として私の仕事と人生のこよなきアドバイザーであられる。

孔子「君子はね、泰然としてわが道を行きながら、少しもおごりたかぶらず謙虚な人なんだ」

弟子「先生こそ、その君子でございます」

孔子「たとえ物質的に恵まれなくても、心に高い志をもち、理想を求めて生きれば幸福なんだよ。道義に反して得た富や地位なんぞ、まるで浮き雲みたいにはかないものさ」（論語）

どうしてもお目にかかりたい方が二人あった。お一人は「文化類型学」「哲学的人間学」「世界史の哲学」等で戦中、西田哲学の徒として京都学派の雄といわれた高山岩男先生。

今一人は「古式の笑」「空しき花束」等、これまた戦中、あの索漠（さくばく）たる文化不毛の時代、美に関する開眼を人々に与えつづけ実業人でありながら美術評論家、大久保泰先生である。手がかりをたどってお二方にお会いする事が出来た。

高山先生は、若かりしころの冷たいまでに理知的な面影を超えて、まさに玲瓏（れいろう）玉のごとく、白髯（はくぜん）をたくわえ温厚そのものの姿をあらわされた。今は、平和と教育の問題を終生の仕事として没頭されているとの事。その滾々（こんこん）としてつきぬ話を承りながら、「これこそ哲人なのだ」と賛嘆にたえなかった。

大久保泰先生は、美術評論家から画家に転じておられ、時折ご夫妻で渡欧、その作品の個展を開かれているとの事。美しく老境に入り、悠々として人生を楽しまれる姿に「これこそ達人なのだ」と感嘆を久しくした。

お二人とも悠揚として驚くほどその温顔が似ておられる。一切の名利を離れ、その眼中に過去の栄光、名声への執着、感傷はいささかもなく、「今」を大切に泰然として自らの晩年を楽しまれておられる。

お別れする時、お二人のうしろ姿に、私は美しい夕陽（ゆうひ）の輝くを見た！

美しい人生とは美しい晩年を送り得る人。人生の一瞬一瞬をかみしめ「今」に燃え、毎日毎日を精いっぱい送る人であろう。

子曰、「君子恵而不費、労而不怨、労而不貪、泰而不驕、威而不猛。」（尭曰）
子曰、「飯疏食飲水、曲肱而枕之。楽亦在其中矣。不義而富且貴、於我如浮雲。」（述而）

一二　美しき街

神戸！　山と海とに囲まれたあの美しき街。かつては白砂青松の海岸があった。少年の心に涯（はて）しないロマンを漂わせて、外国船の停泊する港があった。異人さん（何とまあ懐かしき言葉よ！）の住む館（やかた）があった。灯ともしごろ、鈴蘭灯の下、元町を行きかう粋な神戸っ子がいた！

私は小学校五年から中学時代までを過ごしたので、神戸に特別の愛着がある。私にとって神戸は、生まれ故郷の中国・青島と本籍・長野県ともども大切な心のふるさとである。

孔子「知者は動いてやまぬ川や海を楽しみ、自ら行動して変化に対応する。仁者は動かず泰然とした山を楽しみ、じっとして変化を観察する。こうして知者は人生の変化を楽しんで暮らし、仁者は天命のまま、安らかに長寿を保ってゆくのだ」

弟子「知と仁を合わせもつ者を君子というのでしょうか」

孔子「いや、君子の理想はね、知・仁・勇を兼ね備える事だよ。知者は迷う事なく、仁者は憂える事なく、勇者は懼（おそ）れる事がないからね」

弟子「ところで、君子はどのような街に住むのでしょうか」

孔子「君子は美しき街に住む。美しき街とはね、愛のある人が住む街なのだよ」（論語）

ヨーロッパの国々に行くと、その歴史的文化的な美しさにほとんど圧倒される。

大戦で破壊された街を昔のままに復元したロンドン、ハンブルク。わけてもウィーンやパリの美しさは、長い歳月を経てそれぞれの市民たちが、その歴史と文化を愛し守り抜く大切さを知り、父祖の代から、強烈な意志に基づいて継承しているためにあると思われる。真の隣人愛、本物のファッションは、こういう街からしか生まれ出てこないであろう。

神戸市長の宮崎辰雄氏が、私の少年の心をはぐくんでくれた神戸の街を、どのような理想、どのような夢を抱いて遠大な計国に取り組んでこられたか。「私の履歴書」を読んで感動した。

欧米の都市には及ばないにしても、あの美しい自然・文化・歴史を大切にしつつ、ポートアイランドを創造した構想力と勇気！

経済大国と自負して、我が国のいたる所の都市が、悲しくも経済合理性の名の下に、容赦もなく自然と歴史的文化的遺産を破壊し個性なき街と化しつつある。

美しき街、愛ある街を守るために、一つは市長と市議会、二つは市民、三つは建築主と設計者が三位一体とならねばならぬ。

私の一番嫌いな言葉は「日本列島」と「日本株式会社」である。何ゆえに一部の人は、この比類なき歴史と文化の国「日本」に、「列島」とか「株式会社」をつけて地理と経済の名でしかよべないのであろうか。

子曰、「知者楽水、仁者楽山。知者動、仁者静。知者楽、仁者寿。」（雍也）
子曰、「知者不惑。仁者不憂。勇者不懼。」（子罕）
子曰、「君子道者三。我無能焉。仁者不憂、知者不惑、勇者不懼。」子貢曰、「夫子自道也」（憲問）
子曰、「里仁為美。択不処仁、焉得知。」（里仁）

一三　美しき天然

この世の中、不可思議だらけだ。空に鳥、海に魚、地上にいるありとあらゆる生き物。動物、植物から昆虫にいたるまで、地球何十億年の時間の中に、よくもまあ、このように精巧な体系が出来上がったものだ。

偶然というには余りにも偶然、自然淘汰（とうた）、突然変異などと、進化論を始めとするもろもろの学説を、いくら聞かされてもなぞは深まり、疑問は増すばかり。

カントの「仰ぎみる天上の星、内に輝く道徳律」ではないが、天体を含めて大自然界の

「奥の奥なるもの」は一体何なのだ？

孔子「長い間、道を広めようと努力して来たが、もう疲れたよ。これからは沈黙しよう」
弟子「先生が沈黙されたら、どうすればよいのですか」
孔子「だって見てごらん。天は何も言わないじゃないか。それでも自然の季節は整然と移り変わり、万物は生生発展する。天は何も言わないが、森羅万象みな天意にそって、厳然と存在しているじゃないか。それでいて、天は何も言いはしない！」（論語）

東山魁夷画伯は、当代日本画壇の最高峰にある方だが、その神韻縹渺（しんいんひょうびょう）たる作品に接すると、心の底から引き込まれるような厳粛な気持ちになる。

先生の作品の多くは、自然の風景を主題にされているが、先生の随筆によると「私が絵を画くのは、風景が私を呼ぶから」といわれている。

風景が語りかける！　風景の何が先生に語りかけるのであろうか。自然に対して虚心に対峙（たいじ）していると、自然はそのあらゆる姿を通して本然の相を顕現する。

本然の相とはすなわち天。この世のすべてを生み出し、動かし、導いていく「絶対なるもの」ではないか。一切の我執から解き放たれ己をむなしゅうする時、天はその心を開くのであろうか。

私は時折、東山先生にお目にかかり、そのお話を伺う幸せにある。芸術家にありがちな孤高、人を隔てるところはなく、あくまで謙虚、すべてに対して敬虔（けいけん）な先生の温かい心。澄み切ったひとみ、安らかな姿。

自然の中に自らの心を置き、ひたむきに美を追求される先生に接すると、浄土宗総本山、知恩院の藤井實應門主を想う。師は念仏一途、他力本願の神髄に徹し、慈顔、慈悲にあふれる高僧であられる。お会いする度に、私は一切の煩悩を超えた静寂な境地にひたる。

思うに人間の理想は、真・善・美の調和した人格を完成するにあり、その発露として無私と献身の愛に生き、究極は聖なる絶対者、天への祈りにいたるのであろう。

子曰、「予欲無言。」子貢曰、「子如不言、則小子何述焉。」子曰、「天何言哉。四時行焉、百物生焉。天何言哉。」（陽貨）

一四　目的と手段

人は生きるために食べるのか、食べるために生きるのか。いうまでもなく生きるために食べる。生きる――それも価値ある人生のために生きるのが目的で、食べるのはその手段である。一般に会社は利益をあげ株主に適正配当する事を第一の目的とし、利益をあげるためあらゆる手段をとる。だが、果たして利益は企業の最終最高の目的なのであろうか。

孔子「君子はね、利益を得る場合、それが正義にかなっているかどうか熟慮し、いざという時、利を捨て命を投げ事に当たり、約束を守るために自分の利益を捨てる人なんだよ」
弟子「凡人はどうなのですか」
孔子「君子は直観的に善悪の判断が出来るが、凡人はすぐに自分の利益だけに走るのだね。結局、目先の利益を追わず、人間として大切な正道をふむ事を知るかどうかの違いだよ」
弟子「心に刻みます」
孔子「とにかく、目先の小さな利益に目がくらんでは大事業に成功しない。天意や、道義

に外れた利益は、決して求めてはいけないよ」(論語)

オイルショックの当時、企業の社会的責任、企業罪悪論が出てきたころ、松下幸之助氏、早川徳次氏(シャープ創設者)と別々に雑誌対談する幸運に恵まれた。

早川さんは「何も今ごろ騒ぐ事ありませんなあ。企業はコソコソせんと利益をあげるのが社会的責任やありまへんか」。といわれ、松下さんは「仰山(ぎょうさん)もうけて、仰山税金納めて、社員に仰山報いて、仰山ええもんこさえて世間のお人さんに喜んで頂く事や」といわれた。

松下さんは、私が四十五歳で社長になった時、「伊藤さん、しっかりやりなはれや。あんたはんがうまくやらはったら、企業の若返りがすすみまっせ」と手を握って激励して下さった。

松下さんは商人道に徹して自己に厳しく、偉大なる平凡に生きて他人に優しい不世出の経営者である。

早川さんは、シャープペンシルのほか、数々の発明をされ、戦前から身障者を多く採用、人道主義に徹し、後継者として全く血縁でない佐伯旭氏を卓越した社長に育て、自らは社会福祉事業に余生をささげられた。まさに有徳非凡の経営者であった。
大切な事は、目的と手段とを取り違えぬ事。利益は決して企業の最終最高の目的ではない。利益は、企業が株主・従業員・消費者・取引先・地域社会・国家・世界に対して応分の貢献をするため必要な手段であり、利益をうる方法は合法かつ道義に立つものでなければならぬ。

戦前戦後、日本経済をリードした鉄と繊維の経営者は、自らの利益以上に常に国家の利益を最高に重視し、企業存在の目的と手段を正しく位置づけて、とり違えることはなかったのであった。

子曰、「……見利思義、見危授命、久要不忘平生之言、亦可以為成人矣。」（憲問）
子曰、「君子喩於義、小人喩於利。」（里仁）
子曰、「放於利而行、多怨。」（里仁）
子曰、「富与貴、是人之所欲也。不以其道得之、不処也。……」（里仁）
子曰、「……無見小利。……見小利、則大事不成。」（子路）

一五　人生を賭けるもの

経営のトップは、他人には計り知れぬ激務にあり、公私の別など言っておれないほど、過酷な使命を自らに課し、粉骨してその任に当たるのが常である。

ところが遺憾にも、内部事情を匿名でマスコミに通じて、歪曲（わいきょく）不正に暴露し、同僚・上司・特にトップを傷つける、異常な人がまれにいる。

経営者は、名誉と信用、人格を傷つけられた場合、全人生を賭（か）けて戦わねばならぬ。

領主「私の領国に『正直者の躬』というものがいましてな、父親が羊を盗んだ時、その証人になりましたのじゃ」

孔子「ほう。そういう者をおくにでは正直者というのですかな。私のくにの正直者はいささか違います。父はたとえ子によからぬ事があっても、世間には内密にし、子もまた父によからぬ事があっても世間には内密にしますのじゃ。本当の正直とは、人間性に基づく親子のいたわり合い、肉親愛の中にあるのではありませんかな」（論語）

先年、私は某社の週刊誌に突如、全く身に覚えなき中傷誹謗（ひぼう）記事を掲載された。自己の人格を家族ともに傷つけられ、社長としての名誉、会社の信用を損じた事に対し、私は断固として法の措置を取って戦うべく取締役会に諮った。

「人のうわさも七十五日」「だれでもたたけばホコリが出る」「あの出版社はうるさいから我慢するが得」もろもろの意見にかかわらず、私は株主総会にも議長としてあえて発言を求め、満場の賛成を得て、検察庁、裁判所に告訴した。

私を終始支持する者は、剛直正義、情義の人、竹澤喜代治弁護士とごく少数の者であった。結局、当局の調べで意外な下手人が判明、全く事実無根、出版社社長の公式謝罪により数年に及ぶ訴訟は落着した。

あの時、もし私が沈黙して何の措置もとらなかったら、時とともに、世間は無実の記事を忘れ去っても、名誉と信用を損なわれた私と家族の心の傷あとは、永久に残されたであろう。

自分の身内なら、公にされたくないプライバシーを非道に暴露し、自分の子供に見せたくない残酷、卑猥（ひわい）な記事映像を出版・放映する営利一辺倒の一部堕落したマスコミ。これを排す方法は三つしかない。一、肖像権を含むプライバシー法案制定。二、司法当局の断固迅速な取り締まり。三、欠陥商品に近い俗悪不正な〝マスコミ商品〟のボイコット運動とその製作社トップの徹底糾弾。

なによりも、マスコミ人がその使命の重大さに思いをよせられることを望んでやまない。

生命・人格の尊厳を損ね、人権を傷つける報道の自由、知る権利等あるはずもなく、絶対に許してはならぬ。それは民主社会の崩壊に通じるからである。

葉公語孔子曰、「吾党有直躬者。其父攘羊而子証之。」孔子曰、「吾党之直者、異於是。父為子隠、子為父隠。直在其中矣。」(子路)

一六　文化勲章

戦後、奇跡的な復興をなし、今や日本は世界のトップを争う経済大国となった。しかし、その隆々たる経済力に対して、外国の人々の驚異は、嫉妬(しっと)を越えて憎悪、軽べつ、のけ者扱いに転じる恐れすらある。

俄（にわか）成金的いやらしさ、金銭万能、物質主義、利己主義、驕慢（きょうまん）、下品、無教養！　など嫌悪に満ちた批判が広まろうとしている。

孔子「あの理想の文化が花咲いた時代、聖人舜王が作曲した音楽。あれはこよなく美しい。美しいばかりか、その中に高貴な精神、人間愛がある。それに反して暴力で地位を奪った武王の作曲した音楽。なるほど美しい面もあるが、魂にふれる大切な何かが欠けているなあ」

弟子「文化とは、どのようなものでございますか」

孔子「文化はその本質にある精神だけがむき出しで、表現する力が乏しいと味がなく、表現力だけで精神が抜けると、むなしいものだよ。訴えんとする思想と、表現する力が相伴って生き生きしたものを創作するのが本当の文化人さ」（論語）

文化は、学術・文学・音楽・絵画・芸能・造型などによりつくられ、高められていくのであろうが、それぞれの分野で大きな足跡を残し、日本の文化に貢献した人に、文化勲章を贈る制度は意義がある。ただ、その贈り方の基準に問題がありはしないか。

例を文学に見よう。いかに多くの人々が、山岡荘八氏「徳川家康」その他の作品によって、日本史の生んだ最大の英傑から人間の生き方を教えられたか。「国盗り物語」「城塞」「竜馬がゆく」「坂の上の雲」「翔ぶが如く」など司馬遼太郎氏により、戦国・明治維新時代をいきいきと理解し影響をうけたか。「蒼氓」「風にそよぐ葦」「金環蝕」「人間の壁」など石川達三氏によって昭和史の底に埋もれようとした深刻な社会問題に目を覚ましたか。山崎豊子女史「白い巨塔」「不毛地帯」「二つの祖国」「大地の子」により、また、五味川純平氏「人間の条件」「戦争と人間」等不朽の名作によって、どのように深刻に戦中・戦後の日本人が目をそむけてならぬ命題を提起されたか。

ついでながら映画界において、「生きる」はじめ数々の名作を世に問い続ける黒澤明監督。

文化は、その時代に生きる人々の生活の中に浸透し、人々の共鳴をうけ、人々の魂を浄化させるものでなくてはならぬ。

平安時代四百年、江戸時代三百年。世界にもまれな平和な時代、それぞれ誇るべき文化を生み出した。しかし遺憾ながら、それは一部の特権階級のものであり、その保護の下にあった。

国がめざす姿には、政治大国、経済大国、軍事大国、福祉大国、技術大国などがあろう。

しかし、今、歴史に残る昭和文化をつくるためにすべての国民が、経済日本、科学日本より以上に文化日本を志すべき時である。

子謂韶、「尽美矣。又尽善也。」謂武、「尽美矣。未尽善也。」（八佾）

子曰、「質勝文則野。文勝質則史。文質彬彬、然後君子。」（雍也）

一七 孝心

私は現在の自分の考え方、生き方をつらつら顧みる時、少年期における母の諭し、青年期における父の教えが深く身にしみているように思う。

母は曾祖父について繰り返し語り、高貴な魂と品格を、父は自らの言動によって、高い志と情け心を教示した。

母の諭しは曾祖父の遺志を忘れるなであり、父の教えは常に邦家のために生きよであった。

私が、かつて亡き父母と兄の追悼録をお贈りした時、直ちに旧知の小川平二・江崎真澄・

鯨岡兵輔・長谷川峻代議士から返信があった。文面は表現こそ違え、同じように「家庭愛と孝心に感銘した。自らの孝養を省みている」とあった。

小川さんは誠心無比で清潔なお人柄、江崎さんは強い正義感と情義にあふれ、鯨岡さんは誠実と義侠（きょう）心に富み、長谷川さんは剛毅朴訥（ごうきぼくとつ）の士で、ともに党人政治家らしく固い信念をもった私の敬愛する国士である。

弟子Ａ「親の喪に三年服する事が礼となっていますが、長すぎませんか。君子が三年も服喪すれば、威令が行われません。

一年たてば、自然だって変わるのですから、服喪も一年で十分ではありませんか」

孔子「お前は、親の死後たった一年でふだんの生活に戻り、うまい物を食べ、奇麗な着物を着て平気かい。君子は、服喪中は食べ物ものどを通らぬ、音楽聞いても楽しくないし、家にいても心が落ちつかないものだよ」

弟子Ｂ「Ａ君は、何だか分からんような顔をして帰りました」

孔子「冷たい男だなあ。赤ん坊は生まれて三年乳離れしない。その間、親はどんなに苦労し、愛情を注ぐ事か。それを思えば、三年の服喪など当たり前だよ。あいつは、おっぱい吸ってたころを忘れたのか！」（論語）

私の前任・故武藤絲治社長は、世間から少なからず誤解を受ける孤高の人であった。しかし、私が武藤さんに敬意を抱き続けた一つは、孝心の深さである。朝、出社されるや、社長室に安置された父君、山治翁の胸像に恭しく拝礼、退室時も必ず拝礼し、一日も欠かす事はなかった。

役員会で、武藤社長が激昂、手がつけられない状況となり、閉口した役員がしばしば、まだ役員でもなかった私に助けを求めてきた。

私が赴いて、やおら武藤山治全集からその言葉を引用「先代山治社長はこういう事をいわれております」と切り出すと、今までの興奮がうそのように収まって、耳を傾けられた。二十歳近く年齢の若い私の意見としてよりも、私を通し、尊敬してやまぬご父君の声を聞かれたのであろう。

私は、孝心と礼心のない人を重く見る事が出来ない。

宰我問、「三年之喪、期已久矣。君子三年不為礼、礼必壊。三年不為楽、楽必崩。旧穀既没、新穀既弁。鑽燧改火。期可已矣。」子曰、「食夫稲、衣夫錦、於女安乎。」曰、「安。」「女安則為之。夫君子之居喪、食甘不甘、聞楽不楽、居処不安。故不為也。今女安則為之。」宰我出。子曰、「予之不仁也。子生三年、然後免於父母之懐。夫三年之喪、天下之通喪也。予也有三年之愛於其父母乎。」（陽貨）

一八　身を殺して仁をなす

人は不完全な万能ならざる存在ゆえ、間違いや失敗を犯す。

これを直ちに処分するか、反省の時間と再起の機を与えるかが、トップの重大な選択である。

多くの場合、間違い失敗を許さず直ちに責任追及が始まる。

結局、何もせぬが無難との無気力集団に化し、組織は活性を失う。勝負の時に勝負をかけぬトップのいる組織と、結果責任のみを追及するトップをもつ組織は、いずれも不幸である。

孔子「君子は事に処するに重厚でなくては威厳がない。学問すると視野が広くなり偏屈にならぬ。誠実と信義を大切にする事。自分より劣る人に囲まれていい気になっちゃだめだ。誤ったらぐずぐずせず改めなさい」

君子「誤っても改めればよいのでございますか」
孔子「誤っても反省して改めればいいさ。誤っても頑固に改めないのが本当の誤りなんだ」
弟子「過去にくよくよせず、すぐ立ち直る事でしょうか」
孔子「そうさ。志や徳の高い人はね、自分が生きるために人の道を外す事はない。自分の身命をなげうっても大切な理想を守り抜くものだよ」（論語）

春日一幸氏は社会党の左傾化に決別し、西尾末広氏とともに身を挺（てい）して民社党を結成、滝田実氏は、総評の階級闘争至上主義に抗し、身を挺して全労を結成した。お二人とも私が二十年来、その理想実現のための情熱と不屈の信念に、深い敬意を抱く畏（い）友、先達である。

自民党は右翼が敬礼する極右、左翼が脱帽する極左をかかえ保守大合同を保持、長期政権にある。お二人がもし組織の中にあって組織の統一と拡大を図り、全野党連合と全労働戦線の統一に挺身していたら、歴史はどうなったであろうか。

昭和三十五年十一月。鐘紡にいわゆるクーデター事件が発生し、時の武藤社長が代表権なき会長に棚上げされんとした。その首謀者は坂口分二常務という事で、武藤氏の坂口氏を憎悪する事、甚だしいものがあった。

後に、坂口氏はこの政変が会社のために間違いと悟り、自ら副社長の地位を捨て、堀重三常務らと武藤氏の社長復帰に尽力した。しかし、武藤氏の冷たい感情は変わらず、坂口氏は悶々（もんもん）の日を送った。

武藤氏に殉じて退社し浪人中の身であった私は、論語を引用、両氏が語り合う事を切言、一夕、会談をもってやっと氷解した。帰途同乗した車の中で、坂口氏は私の手を握り「伊藤君ありがとう。これで私の進退が鐘紡の危機克服に役立った」と涙を流された。

その一週間後、坂口さんは脳出血で急逝された。五十六歳。


正に身を殺して仁をなす。いうはやすくして、行うは難い。

子曰、「君子不重則不威、学則不固。主忠信。無友不如已者。過則勿憚改。」（学而）
子曰、「過而不改、是謂過矣。」（衛霊公）
子曰、「志士仁人、無求生以害仁。有殺身以成仁。」（衛霊公）

一九　師　恩

ガキ大将のころ、腕白に明け暮れした。

上海東部小学校で、時に厳しく、時に優しく、肉親の愛をもって訓導された野尻智先生。

横井小楠の曾孫・時靖君とを二人並べ〝祖先を忘れるな〟と励まされた神戸西須磨小学校の松岡敏郎先生。受験に失敗した時「狂う濤（なみ）篠（しの）つく雨に　日蓮の　巨（おお）きこぶしは　力を失わず」と慈愛の手紙を下さった、神戸一中時代の真川伊佐雄先生。

どれほど多くの恩師が、今日の私を育てて下さった事であろう。

仰げば尊し、わが師の恩！

弟子「ひと様から、先生はどういうお人かと尋ねられました。私はどう答えてよいのか困りました」

孔子「ダメだなあ。〝学問に熱中しては食事も忘れ、悩みも忘れ、人はだれもやがて老境に入り死んでいくのも忘れている人〟といえばよかったのに」

弟子「先生があまり偉大で……」
孔子「私はね、朝方、人の生くべき道を悟る事が出来たら、たった一日生きて、夕方、死んでも、何の悔もなく本望なんだよ」
弟子「先生は、いつでしたか悪党に殺されかかった事がございましたね」
孔子「そうだった。しかし私には天がついているよ。あんな悪党に殺されてたまるもんか。私は人の道を求めてただ一筋に生きて来た。ただ一筋にね。天が必ず守って下さるよ」（論語）

河合栄治郎先生は戦前・戦中、左右の思想対立激化の中、理想主義的人格主義の旗を掲げ、自由主義擁護のために生命を賭（と）された。社会のあらゆる成員の人格の成長（真善美の完成）が人生の最高価値であり、その最高目的のために自由・平等・愛は手段としてのみ価値が認められ、生命や人格の成長に反する場合、自由・平等・愛であろうとこれを厳しく排した。そして、生命と人格が二つながら得られぬ時、人格の尊厳のため、生命をすら捨てることを求めたのであった。（河合栄治郎全集）

出版法違反に問われた時、その信念を吐露された裁判記録がある。愛弟子・木村健康氏の特別弁護にみる師弟愛とともに、昭和思想史に不滅の光を放っている。先生の道統と人格の継承者でもある直弟子・土屋清氏・佐々木直氏を囲む会でお会いする度に先生の片鱗（りん）を見、思想の師を追慕してやまない。

ＧＨＱ（占領軍司令部）の教職追放令に対して「私は断固として節操を守る」といわれ、その不遇にいささかも屈せず、猛然と勉強を続けて近代の終焉（えん）を予言、これを超克する「相互律による共同体」の原理に到達、孜々（しし）として求道の途を歩く難波田春夫先生。（難波田春夫著作集）

生前、河合先生にお目にかかる機を得なかったが、難波田先生には今なお教えをうけている。

生涯私淑（ししゅく）する師をいただく者は至福というべきであるが、自らが求めて近づかぬ限り、師が歩みよられることはないのである。

葉公問孔子於子路。子路不対。子曰、「女奚不曰、『其為人也，発憤忘食，楽以忘憂，不知老之将至云爾』。」（述而）

子曰、「朝聞道、夕死可矣。」（里仁）

子畏於匡。曰、「文王既没、文不在茲乎。天之将喪斯文也、後死者、不得与於斯文也。天之未喪斯文也。匡人其如予何。」（子罕）

二〇　人生の黄金時代

人間の一生は、生まれた時と死ぬ時、そして男女の性別はどうにもならぬ定めがあって、定められた年月と性を、人おのおのの人生観、世界観によって送ってゆく。もちろん、人生観・世界観のない人もいる。

宇宙に見る空間や、時間の無限大を思う時、人の一生などは全く泡のごとく儚（はかな）く、塵（ちり）みたいに小さい。

それにしても、人の一生、どの時代が一番燃え、一番輝けるものであろうか。

孔子「私は一生、たった一つの事を貫いて来たよ」
弟子「真心と思いやり一筋の道でございました」
孔子「私はね、十五歳で学問を志し、三十で世に出た。四十、惑いがなくなり、五十で天命を悟った。六十、すべてのことが肯定出来、七十を越えると、何をしてもすべて天意に合い、はめをはずさず、自由にふるまえるよ」

弟子「先生の境地に到達するまでを思い、ため息が出ます」

孔子「いやいや、近ごろの若い人にはすばらしい人がいる。お前たちの未来はうんとよくなるに違いない。私は若い人に期待してるよ」（論語）

則をこえぬ仁者として、私は故木村篤太郎先生と大部孫大夫氏（太陽生命会長）を思う。お二人ともご縁があって私を全面信頼され、私が最も困難に直面した時に「貴君のためならいかなる力にもなる」といって下さった。ただ誠心誠意がお二人と私との絆（きずな）であった。

お二人とも枯淡、古武士の風格がある清廉の仁であられ、悠々として我が道を楽しまれて、木村先生は先年、九十六歳をもって逝去、大部さんは、今なお私の心の支えであられる。

私の会社生活三十七年を顧みる時、二十五歳で入社して五年。三十代ほど、思い切って仕事に打ちこんだ時はなかった。

毎日毎日が楽しく、充実し、数日間、徹夜に近い時を過ごして明日が待ち遠しく、いささかも疲れを覚えなかった。人生の花の時代、黄金の時代であった。
自分の生涯を通しての理想をもち、夢を抱き、その理想と夢実現のための計画を立て、計画を貫徹するための燃えるような情熱と激しい努力。不屈の闘志。

その三十代を黄金の時代とするか否かは、結局、二十代の過ごし方いかんにかかっている。二十代の理想と夢をただ一筋に追い求める。人生意気に感じ、功名たれかまた論ぜん！
これこそがロマンとよぶべき人生ではないか。

子曰、「参乎、吾道一以貫之。」曾子曰、「唯。」子出。門人問曰、「何謂也。」曾子曰、「夫子之道、忠恕而已矣。」（里仁）
子曰、「吾十有五而志于学、三十而立、四十而不惑、五十而知天命、六十而耳順、七十而従心所欲、不踰矩。」（為政）
子曰、「後生可畏。焉知来者之不如今也。四十・五十而無聞焉、斯亦不足畏也已。」（子罕）

二一　知　己

私は性善説に立ち、すべての人は生まれつき善人であると信じ知己を求めてきた。しかしそれは甘きに失したように思う。

この世の中には、まれに本当の悪人がいる。たとえば毒入り飲料犯人。あるいは善意の人を陥れ、無実の人を口や筆で傷つけ苦しませる心の毒入り犯人。こういう人は、結局、寂しい死を迎え、死んでから、神の前で思い切り罰を受けるであろう。

孔子「礼節を正しくし程よく音楽をたしなむ。そして、人の善言や善行を讃（たた）え合う。酒色におぼれる人と交際せぬ。善い友を得る事が大切だよ」

弟子「善い友をご説明下さい」

孔子「それはね、直言し、誠実で博識な友の事だ。それに反して、ゴマスリ、無責任で、知りもせん事をペラペラいうやつは、悪友というんだ」（論語）

二十年来、公私にわたって親身の至情をつくして頂き、善意にあふれ、常に先見性と行動力によって、経営上の助言をされる、二人の知己。長谷川隆太郎氏（元三菱化成副社長）と石原保氏（大阪銀行会長）は、接するすべての人の心を和ませる。

社内で得た最大の知己は、先輩の大橋太郎氏であった。

昭和二十四年の春。私が勤務する長野県丸子の工場に、氏は若き人事課長として赴任した。

すべてにわたりその堂々たる体に似てスケールが大きく、何よりもサラリーマンとして桁（けた）外れの行動が私を驚かせた。初めのころ、ことごとに反発し合った二人であったが、労務問題にGHQが介入した件で、急速に心を開き合った。

「一杯やるべし。例の店で待つ」。終業時、氏の使いが紙片を私に届け、指定の店に赴くと大島の着流しに白タビ、雪駄（せった）姿の大橋さんが、悠然と現れるのである。

夜のふけるまで、仕事や、人生百般・宴席処世の心得等、話の尽きるを知らぬころ、氏はまだわずかに三十有余歳。虎を描いて日本一といわれた大橋翠石画伯の子息であった氏は、繊細な神経にもかかわらず、豪放・明哲な頭脳の持ち主であった。

ある日、突如として「おれは鐘紡のトップになるつもりでいた。君に会って、君こそトップになる人物と思った。これから犬馬の労をとる」といった。

運命共同体として鐘紡労使関係の基盤を、小林武廣組合長とコンビで築き、私が社長就任一年前、氏は忽焉（こつえん）として病死した。五十二歳。無念であった。

孤独なるトップの心を支えるもの。それはたとえ少数であっても、知己に他ならない。

孔子曰、「益者三楽、損者三楽。楽節礼楽、楽道人之善、楽多賢友、益矣。楽驕楽、楽佚遊、楽宴楽、損矣。」（季子）

孔子曰、「益者三友、損者三友。友直、友諒、友多聞、益矣。友便辟、友善柔、友便佞、損矣。」（季子）

二二　血　縁

会社のトップになると、その子弟血縁の採用や、人事が、しばしばやっかいな問題になる。

血縁なるがゆえに、特別扱いする事が不公平であると同様、血縁なるがゆえに、門戸を閉ざす事も不公平であろう。

弟子「親は自分の子供に特別の愛情がありますから、貴君には私たちには聞けない特別の事を、先生は教えるでしょう」

孔子の長男「いいえ。でも、いつでしたか、父が『詩経を読んだか』と聞きました。『まだです』と答えましたら『では、お前と話すタネはないね』と申しました。私は早速、詩経を読みました。またある日、『礼記について学んだか』と父が申しますので『まだです』と答えました。父は『じゃあ、一人前でないね』と申しますので早速、礼記を学びました。父から聞いた事は、この二つくらいです」

弟子「これは、いい事を伺いましたよ。先生でも、親子の情に流され、子供を特別扱いするかとお聞きし、三つの教訓を得ました。詩経の大切な事。礼記の大切な事。そして親は子を甘やかしたり、他人とわけへだてしてはならない事をね」（論語）

血縁でトップを固めて隆々と栄えている会社もあれば、そのために衰亡する会社もある。創業者の血縁が後継となって盤石である人に五島昇氏がいる。天性、器量の大きさ英明さで、東急グループを統括して間然するところを知らない。

血縁でない後継者を選んでいる会社に、松下幸之助氏に比す天才的経営者・本田宗一郎氏（ホンダ技研創業者）の率いるホンダがある。「血は水より濃し」「遠くの親類より、近くの他人」という相反したことわざがあるが、もっぱら、会社のため有能な人を採用、または後継にすべきであり、血縁の有無ではないのである。

血縁のゆえをもってその後継を選ばんとするなら、株式を非公開、過半数の株を同族で保有、しかもあくまで謙虚誠意にみちて、見事な経営を展開されている竹中錬一氏（竹中工務店会長）をならうべきであろう。

株式を上場し、いわんや時価発行して多額の他人資本を導入した瞬間、創業者は会社の私有意識を放棄せねばなるまい。

株式会社は、その歴史的起源からも「天下の公器」であり、人事は「公平の原理」で貫かねばならぬ。

経営にとって最重要なことは、すべての人を公正に扱うことである。

陳亢問於伯魚曰、「子亦有異聞乎。」対曰、「未也。嘗独立。鯉趨而過庭。曰。『学詩乎。』対曰、『未也。』『不学詩、無以言。』鯉退而学詩。他日又独立。鯉趨而過庭。曰、『学礼乎。』対曰『未也。』『不学礼、無以立』鯉退而学礼。聞斯二者。」陳亢退而喜曰、「問一得三。聞詩、聞礼、又聞君子之遠其子也。」(季子)

二三　悔なき人生

中野敏雄先生。米寿。元貴族院議員・武雄市長。戦後日本農業の将来を予見し、副業としてシイタケの栽培を提唱。全財産を投ず。今やそれは大きな実を結んでいる。フト、先生はどうしていられるか探し、お元気な姿にお会い出来た時の喜び。「無一物中、無尽蔵」と呵呵(かか)大笑される先生であった。

あの方はどうしているだろうか。そんな思いにかられる時がある。とりまぎれ日を過ごし、ある日、新聞の訃(ふ)報を見てガク然とする。その無念さ!

ハンセン氏病で危篤となった高弟・伯牛を孔子が見舞い、その手を取ってハラハラ涙を流した。

孔子「ああ。こんな立派な人をこんな病にして！　天よ。あんまりです。あんまりです！」

最愛の顔回の遺体に取りすがって孔子は号泣した。

孔子「ああ！　顔回が死んだ！　何もかもおしまいだ。天よ！　あなたは私を滅ぼされた！」

弟子「先生！　先生でも声を上げ、身をもんで泣き悲しまれる事があるのでしょうか」

孔子「そうか。号泣したか。身をよじったか。だが顔回が死んで泣きもだえずにいられようか」（論語）

昭和五十二年、当社が無配となった時、御手洗毅キヤノン会長からお手紙を頂いた。「キヤノンも無配のにがい経験がある。本社ビルを売り、人も整理し、挙社一体これを克服した。無配の決断は経営者としてつらいでしょうが、あなたなら必ず克服、復配される日の近い事を確信しています」とあった。

昭和五十九年復配の時、「近くお礼に参上します」と私は手紙を認（したた）めた。十日もたたぬ朝、氏の訃報を新聞で見た時の無念さ、悔しさ。

「石狩平野」「蘆火野」等、流麗極まりない文章で、英雄や偉人ではない、名もなく歴史の陰に生き抜いた庶民のひたむきな一生を描き、時代の流れに透徹した歴史眼を持ち続けられた船山馨氏。「茜いろの坂」を遺書として書き、今、失明し重体と新聞で読み、一読者として船山文学の賛美をこめ、お見舞いの手紙をさし上げた。

「船山が大変喜び感謝し、是非お会いしたいと申している」旨、夫人の丁重な返信を頂いた。

「近く必ずお見舞いに上がります」とお伝えしながら、仕事に追われ日が過ぎ、船山氏の死と、そのお通夜の場で夫人までが亡くなったことを新聞で知った驚愕（がく）と痛恨！

かけつけた船山邸で、並び横たわるご夫妻の遺体の前にぬかずき、私は涙にくれた。

思い立った事は、即日実行せねば悔いが残る。

伯牛有疾。子問之。自牖執其手曰、「亡之。命矣夫。斯人也有斯疾也。斯人也而有斯疾也。」（雍也）
顔淵死。子曰、「噫、天喪予。天喪予。」（先進）
顔淵死。子哭之慟。従者曰、「子慟矣。」曰、「有慟乎。非夫人之為慟、而誰為。」（先進）

二四　人　間

この歳になり、人間には男と女がいて、その男と女とは似ているようで、全く違った考え方、生き方の多い、お互いに不可解な存在である事が分かった。

男にとって女は、女にとって男は、ある面で永遠に不可解で、この世の中に「男類と女類がいる」という渡辺淳一説も、まんざら暴論ではないと思い始めた！

孔子「君子の一生、肝に銘ずべき事がある。青年時代、血気盛んだが、心身は今一つ不安定。だから女性に気をつける。壮年時代、血気充実し心身絶好調。だから闘争的にならんよう、気をつける。老年時代、血気は衰え、心身も弱る。この時代、欲ボケにならんよう気をつける」

弟子「女性に気をつけるとはどういう事でございますか」

孔子「いいかい。女の人はね、小人物と同様、ちょっとやさしくすると、すぐつけ上がってなれなれしくなり、節度を失うし、ちょっと遠ざけると、今度は逆うらみしてつき合いにくいよ」

弟子「つき合えませんか」

孔子「まあまて。〝詩経〟三百余編はほとんど愛の詩。一貫しているのは愛が純粋で、邪心がないという事だ。女性に純粋な愛で接したらどうかな。言葉でなく行動でね」（論語）

女子と小人物を同次元に置くとはけしからぬと、柳眉（りゅうび）をさかだてずに聞いて頂きたい。

昭和二十三年、私が入社したころ、千人余りの未婚女性が住む寄宿舎舎監を拝命した。こちらも独身なら相手も独身。ひたすら「ヒューマニズムに男も女もない」とばかり張り切ったが、こと志と反して理解されず、困惑する事が多くあった。

結婚して妻という女性と長い家庭生活を送ってみて、考え方生き方に分かったような、分からない部分がお互いにある。

仕事がら、妻以外の女性に接する機会も多かったが「いわく不可解」、心が通ぜずに逆らみや誤解をうけて当惑したり、女性特有の意想外な発想、思考に接して、老若を問わず目のさめる思いで感服した事もある。

私は異例の抜擢（ばってき）を受け武藤社長の最側近となった。しかし、社長と接するたび、真剣勝負の心構えであった。社長室に入る前、鏡の前で服装を正し、どんなに打ちとけても、調子を落とさず、言葉を正して小人とならぬケジメを心掛けた。

結局、世の中に男と女しかいない。男と女がいるとすぐスキャンダル視するヤボ天を相手とせず、本質相異なる男と女は、おおらかに敬愛補完し合い、また、小人とならぬため、礼節を正し上長に接すべきであろう。

孔子曰、「君子有三戒。少之時。血気未定。戒之在色。及其壮也、血気方剛。戒之在闘。及其老也、血気既衰。戒之在得。」（季子）

子曰、「唯女子与小人、為難養也。近之則不孫。遠之則怨。」（陽貨）

子曰、「詩三百、一言以蔽之、曰、『思無邪』」（為政）

『唐棣之華、偏其反而。豈不爾思。室是遠而』子曰、「未之思也。未何遠之有哉。」（子罕）

二五　続・天命

昭和十八年九月。召集令が下り、十二月、私は長野県・松本部隊に入隊、前線に出る機会の度に、教官要員として内地勤務を命ぜられ、復員した。

戦中派の少なからぬ人は、本気で「生き残り」と思っている。青春を中断、幾多の戦友が戦場に散った。自分の運命が、国家の運命と、戦争という事において交差した。自分の人生をかけて日本の歴史を守り、自らの命によって残された家族や国民の命を守り、日本がいつの日か平和になり、東洋に平和が実現する事を祈りつつ死と対決した。

ああ、戦に散った友、村野弘二、多田文彦、占部訓義君よ！　その他多くの友が「同期の桜」を歌い「死んだら靖国で会おう」と誓い合った。もちろんそうでない人もいた。だれかが国の危急に当たらねばならぬ時、敢然とこれに身を投ずるか、たじろぎ自らの安全を図るか。戦中派の多くは身を投ぜんとした。今日の日本の平和と繁栄を見ることが出来るなら、戦いに倒れた仲間たちは、恐らく彼らの死が決して無意味でなかったと思うであろう。

靖国でもどこでもよい。あの戦いの戦死者・犠牲者の霊に、今残されて平和を満喫するすべての日本人は、心から感謝し祈り、これからの日本の平和と繁栄の歴史を守りぬくことを誓わねば罰があたるであろう。

昭和六十年十月。私は政府の強い要請により日航の経営陣に加わる決意をした。私は二度目の召集令を受けたと本気で思っている。

日航の安全を信じて乗って亡くなった五百二十人（内十五人乗員）の人々の無念と怒り。この魂を鎮める唯一の道は「絶対安全の日航」の確立しかない。その時初めて尊い犠牲が意義を持つであろう。

日航の度重なる事故は、色々な原因があげられる。メーカーの責任、整備関係者の責任、機長以下乗員の責任、運航を含み経営労使全体の責任。その一つが欠けても安全は確立しない。ましてや、機長以下の乗員も犠牲になった。まさに安全に関しては、すべてが乗客とども運命共同体なのである。

人はそれぞれの考え方・生き方があり、千差万別の価値観がある。しかしこの安全の前にはすべての立場をこえて一致せねば激しい国際競争下、日航は雲散霧消するであろう。

二万一千人の全日航あげて厳粛に人命の尊厳を願い、「絶対安全の日航」確立を誓って犠牲者の鎮魂に当たらねば、その怨念（おんねん）は消えない。

私は召集令解除まで、日航全社員とともにその再建に、亡き人の分まで全力を傾ける覚悟である。

二六 何処へ

豊かになった日本は、これから何処に向かって行こうとするのか。

豊かな社会に向ってひたすら働いた日本人は、そうした問いかけに対して何と答えるのか。限りなく技術が進み、限りなく豊かな暮しを楽しみ、貧困や労苦から表面的には解放され、益々快適な生活が実現している様にみえても、その反面、精神の低俗化・堕落により巷には憂うべき暗黒の世界が、深く拡がって行く。

今や、日本は、民主主義ということを自分中心の個人至上主義とはき違え、金銭万能、物質主義にもとづいた利己主義的社会となりつつある。国内のみでない。国際的にも利己主義国家として真の隣人なき孤立化の道を歩いている。

孔子「ああ、私も衰えた！　もうずい分長い間、私が理想とした人、周公の夢をみなくなってしまったよ」
弟子「先生。何と淋しいことをおっしゃるのですか」
孔子「私は淋しい。好色漢は沢山いるのに、好徳漢というべき人にまだかつて会ったことはないものね」
弟子「しかし、道に志した者は居るではありませんか」
孔子「道に志しながら、身なりや、質素な食事を恥じる者が多いじゃないか。こういう人とは共に人生は語れないよ」
弟子「どうすればよいのでしょうか」
孔子「結局は、すべての人が人を愛することなんだ。そしてね、私は何時も心から四つの事を反省してきたよ。一つは徳が十分でないこと。二つは学問が未熟なこと。三つは正義を実行しないこと。四つは短所を改めないことなんだ。これから、私は生涯これを努力してゆくよ」（論語）

一体、この心の荒廃、精神の頽廃はどこまで行くのであろうか。

これをとめる事は出来ないのか。

敗戦によって日本は、一切価値の転換を行った。それも殆ど戦勝者・ＧＨＱの手によって。一体、あの東京裁判は何であったのか。（清瀬一郎・東京裁判、東京裁判研究会・パル判決書）それまでの絶対的な価値基準・忠孝を基盤とする儒教的道徳。それに貫かれた「教育勅語」にみる価値観は否定され、「民主主義」が絶対価値となった。


然し民主主義とは何か。この言葉を絶対とするだけでは何の解決をももたらさない。「民主主義」はいうまでもなく人間尊重の思想であり、多数決原理を根本とする制度である。人間の尊重とは何か。

故河合栄治郎先生によると、人間の生命と人格を絶対の価値とし、社会のあらゆる成員の生命と人格の成長を絶対の目的とし、自由や平等は、その目的を達成するための手段と考える。しかも、生命と人格の二者択一を迫られた時、人格のためには、生命すらも抛つべきことが最高の価値であるとするのである。（弘津正二・「或る哲学徒の手記」）

いうまでもなく自由や平等は、生命と人格の成長に役立つか否かで価値が決まり、それ自体に価値があるのではない。

多数決の原理とは何か。それは価値の判定を、その判定をする時点における成員の過半数の判断によって是非をきめることであって、人間の判断力の限界を自覚した上でとられた価値判定の次善の策である。その結果が如何であれ、多数の判断に少数は従わねばならぬ。そして、一定の期間を限りその結果の進展をみて、少数者の意見を尊重しながら、修正してゆくしかない。

生命と人格の尊重は、教育によって、また自らの努力によって身につけ、多数決の結果は法によって守ってゆくしかない。

結局、教育と司法に、日本の未来はかかっている。

教育と司法がその独立と尊厳を失い、行政と立法に屈服した時、日本は暗黒化するであろう。

教育は制度の抜本的改革しかない。戦前の六・五・三・三制に戻し、(1)六・五の小・中学校は義務制に、(2)三・三の高校・大学では高校を大学付属として徹底的な人間教育の期間とする。ドイツは日本と同じく敗戦国であったが、占領軍の勧告を断乎拒否して、戦前の教育制度を守ったのである。

司法は、裁判所を完全に行政から独立させ⑴最高裁の長官は判事の互選による。⑵裁判所の人事は最高裁長官の一元的管轄に置く。最高裁長官と判事は四年に一度国民審査をうけている現行制度に準ずる。

小細工を弄してみても何もならぬ。何れもその根本原理に立つしかない。

子曰、「甚矣、吾衰也。久矣、吾不復夢見周公。」（述而）
子曰、「吾未見好徳如好色者也。」（子罕）
子曰、「已矣乎、吾未見好徳如好色者也。」（衛霊公）
子曰、「士志於道、而恥悪衣悪食者、未足与議也。」（里仁）
子曰、「徳之不脩、学之不講、聞義不能徒、不善不能改、是吾憂也。」（述而）
樊遅問仁。子曰、「愛人。」（顔淵）

「今」

「今」

（昭和十九年、ニューギニア・カミリ飛行場守備隊全滅の英霊に捧ぐ）

この人たちは
　この時点において
　　時と戦ったのだ。
時の断絶と戦ったのだ。
そして生命をかけた。
　そして生命を
銃弾で引き裂かれた。

生命を引き裂かれたが
　時は引き裂かれなかった。

この人たちが
　生命をかけて戦った
　その時点の延長に
「今」がある
「今」の平和がある。
その平和の中に
　私たちの生命がある

この人たちよ！
壮烈にその生命を
　時との戦いに失った
この人たちよ――。

時がジリジリと流れ
　そしてその時の流れの中に
この人たちの

生命の匂いが
　漂う。

この人たちの固く結ばれた
　口から
悲しい声が聞える。
――俺が死んだ。
　しかし
　　時を守った――と。

そして
　この人たちの
固くとざされた双の目から
　熱い涙が
　　流れる。
その涙よ――。

その涙が
「今」をにじませる。

そのにじみを
「今」が伝え
私の目を
にじませる

ああ
この人たちよ――

（ニューギニア・カミリ飛行場で全滅した日本軍守備隊・写真は雑誌「丸」提供）

読書日記

一　「河合栄治郎全集」その一

某月某日

「河合栄治郎全集——裁判記録」（社会思想社）

この裁判記録は、河合栄治郎先生の全思想、全人格の発露、そして国家の名を借りた、非道、非理の権力に対する、先生の悲壮なる戦いの姿である。

河合先生について、兎角のことをいう事は出来るであろう。しかし、この公判における先生の思想、理想主義的人格主義に殉ぜんとする、毅然たる気概をみて、感銘と、崇敬の念を抱かぬ者があるであろうか（一三七頁）。

すでに死を決して、自らの思想を断乎として貫き、その事によって祖国日本を救わんとする勇気に、深い憧憬をもって頭を垂れざるを得ない。

河合先生の真価、人間としての立派さ、その全人格的表現としての処世。この公判記録は、近時、稀にみる日本人の大勇の書として、長く後世に光を放ちつづけるであろう。

自己の強烈なる思索と、激しい読書による自らの思想体系と信念。その思想体系と信念を如何なる権威、如何なる相手に対しても、断乎として貫徹する生き方。見習い学ばねばならぬ（一四九頁・一五二頁・一五三頁）。


本書はまた、河合先生は、実によき弟子をもたれた事を明らかにしている。先生の愛弟子、木村健康氏の師を想う純情、師の思想を継承し、師の思想を守りぬかんとする固き信念。このお二人の師弟愛に深い感動を覚える。

国家権力を背に威圧する検事に対し、理路整然たる、真に祖国を愛する真情にもとづく烈々たる反論は、読む者の肺腑をついてやまない。

木村健康氏は、河合先生とともに、理想主義的人格主義に生きる者の、真の在り方を、そしてその何ものにも屈せざる強さを、身をもって示したものというべきであろう。


本書は、河合栄治郎全集の白眉（はくび）、圧巻であった。

○社会の中でその目的の一般的なるは共同社会といい、国民が現代の唯一の共同社会である。

その目的の一部的局部的なる社会を部分社会といい、団体とは、部分社会を意味する別名である。

共同社会ならざる社会はすべて部分社会であり、国家・教会・大学・労働組合・政党階級の如き、又世界人類の如き何れもそれである。……国家も亦一の部分社会に止まり、唯其の目的が秩序の維持に存し、従って命令、強制の権力を所有することに於いて、他の部分社会と異なるに過ぎない。（二二頁）

○人格とはそれ自体が目的であるべきもので、決して国家という他の目的に役立つべき手段たるべきものではありません。（三二頁）

○人格は人間の理想、理想の人間。われわれの精神作用を知識的、道徳的、芸術的という風に分けるなら、これがそのままのびて人格の要素となる……我々が営んでいる知識的、芸術的、道徳的活動の理想は、知識の場合は真であり、道徳の場合には善であり、芸術の場合には美である。……この真と善と美とがそれぞれ調和の状態で発揮されたその時の状態が即ち人格。その知識的、芸術的、道徳的活動を為さしめるところの力、その各々の理想である真・善・美を生むところの力、及び我々自身を理想の人間、即ち人格たらしめる力を理想、或いは人格性と称する。（四七頁）

○社会の中には二つの種類がある。一つは全体社会、或いは共同社会、他の者は部分社会。

全体社会は目的広汎、その成員の人格成長の為に広汎な目的をもっている社会。特殊な目的をもっている社会が部分社会。

祖国或いは国民が全体社会でそれ以外に全体社会はない。部分社会とは国家・教会・大学・労働組合その他資本家の団体とか無数にある。（五六頁）

○私共は日本国民という共同の歴史と文化と感情と利害との社会の一員である。もし異国の干渉侵略があって、私共の固有の文化と感情と利害とが脅威されるならば、私共の人格の成長はありえない。

私共はこの場合に国家を防衛するために、その財とその命を抛つことを惜まない。私も亦この意味において愛国者であり、凡そ人はこの意味ですべて愛国者たるべきである。（六六頁）

○自由主義によって実現される自由は大体十一ある。

(1)身体上の自由　(2)信仰上の自由　(3)思想言論の自由　(4)団結の自由　(5)社会上の自由　(6)政治上の自由　(7)家族上の自由　(8)経済上の自由　(9)地方的自由　(10)団体の自由　(11)国民的自由

これを二つに分け(1)実質上の自由と形式上の自由

形式上の自由は言論の自由と政治上の自由、残り九つは実質上の自由、実質上の自由は、実現さるべき内容であり、形式上の自由は、実現する方法である。（七六頁）

○生理的生命は条件であり、同胞の人格成長のために命を抛つことが人格の成長になる……霊魂不滅などの宗教と結びついて初めて人格主義は完成する。（一二六頁）
○戦端を開いた後に於いては必ず勝たねばならぬ……自国の自由と独立が危殆に瀕する……自国の自由と独立のために戦争を是認する……始った戦争は最後までやらねばならぬ。（一二九頁）
○一旦緩急の場合祖国の犠牲にならなければならぬ。（一四八頁）
　人間の個性を活かすことが人格成長の途であるように、各国民の特殊性を活かして行くことが理想の人生に達する所以である。
○国民性を殺して人類に対する所の貢献はない。（一五〇頁）

某月某日
「河合栄治郎全集――随想集」
「万年筆のインクをもってでなく、血をもって書く」（二四八頁）先生がその思想と著作を、出版法違反に問われて国家より弾圧された頃の所懐である。
　河合先生は五十余年の生涯、正に死ぬ様な激しい勉強をした。頑健を誇った健康を消耗する程、読書した。この読書に対する鬼気せまる執念。

先生はいう。「ふと発禁以来の四年間を追懐してみた。色々の境遇の変化があった。然し、どの日、どの月をみても、怠けていた時、遊んで居た時はなかった。常に懸命に努力して居た。これを思って一縷の満足があった」(二〇七頁)。

すさまじい読書。寸刻を惜しみ、むしろ、意識的と思われる程、自らに対して苛酷な努力を強いる生き方。

どの道を歩こうとも、理想を抱く者は、この教授の姿勢を学ぶべきであろう。「此の一年間に読みたるもの、大小長短取りまぜて一五八冊で恐らく今までの生涯の記録を破ったものであろう」(二一五五頁)

河合先生の思想体系の根底にあるものが、この書の中に要約されてのべられている。

「私は最高価値を人格であるとする、之が理想主義的個人主義或いは人格主義である。ここに人格とは、人格性の主体を云い、人格性とはカントの云う所の理性を意味するので、認識に於て認識を可能ならしめると共に認識の理想たる真を産み、道徳に於て行為を可能ならしめると共に道徳の理想たる善を産み、芸術に於てそれを可能ならしめるとともにその理想たる美を産む能力である。かかる能力は先天的に各個人に与えられているものであって、その能力の主体が人格である。人格は今現に十全の姿に於て実現されていない。然しそれは可能性として各人に内在し、真善美の調和した姿として吾々の前に在る。吾々の倫理的義務は、現実の吾々を鞭うって、かかる姿を実現することにならなければならない」（九九頁）

先生は実に「理想主義的人生観によっていささかの矛盾も覚えなかった」といわれ「理想主義体系を終るまで（六十三歳まで）石にかじりついても生きたい」（二四八頁）といいながら、ついに未完成のままその壮烈なる戦闘的理想主義者の生涯を閉じたのであった。

某月某日

「河合栄治郎全集――日記(Ⅰ)(Ⅱ)」

先生の日記は、先生の卓越した思想家としての厳しさの反面、愛情の葛藤に苦悩する一個の平凡な人間の赤裸々な姿が記録されていて、むしろ痛々しさを覚える。

河合栄治郎という、日本人としては類まれなる体系的な思想家が、一個の学者、一個の人格である前に、一個の凡人である処が心を打つ。

猛然たる読書。それは学者として名をなさんがため、他人に負けたくない一念が先生をかりたてたのであった。

理想を求め、人格を求めながら、日々の人生は、平凡な人間の抱く野心、野望が渦をまくのである。

先生の著作、学業を知る者は、その偉大なる足跡に殆ど圧倒され、自らの無力無能に気づいて絶望感にとらわれる。しかし、先生の日記の随所にあらわれる、市井人(しせいじん)に似た煩悩を見出す時、先生も凡人のなやみをもっていたことに救われた心境になる。

先生の日記は、人間・河合栄治郎が躍如として居り、人格主義・理想主義に向って、必死の努力、精進をなしながら、先生自身は現実の生々しい生活との戦い、人間関係の中に流れる愛憎に呻吟する一人の弱い葦にしかすぎぬことを自白している。その弱さゆえに、河合先生を身近に感じ、われわれ凡人に絶望を超えて希望を、自己嫌悪から抜け出て勇気を与えてくれる。

死に至るまでの求道。死に至るまでの人生の記録。先生の健康についての配慮の不足が惜しまれてならぬ。

日記Ⅰ

○どうも僕は弱い。他人の賞讃で嬉しがり、非難で勇気がくじける。（大10・10・19）

○今の自分を苦しめるもの……今の自分に飽きたらないものは、性的の欲求と自我（しかも小さな自我）の主張である。（大11・7・20）

○神経の過敏なる自分よ。自分はもっともっと強きものであらねばならぬ。（大12・4・25）

○これから日本は悪はしないという丈けでなしに、積極的に善をする人がなければならぬ。（大13・1・17）

○母を失ったということは、僕にとって実に大きな損失である。本当に喜こびを共にして呉れる人がいなくなって、之れからの世渡りに楽しみはなくなってしまった。（大14・9・10）

○母の後を付いてあの世か何こかに往きたい。（大14・9・29）

○妻は僕は超然とした学者らしい所が見えない、況や哲人では決してない、唯エゴイスト丈だという。（昭2・2・11）

○此の後の十年を迎える時は齢四十六年になるが、その時これは正に一生の運命の略々定まる時ではなかろうか。思えば人の生涯はかくして縮りつつあるか。（昭2・4・22）

○こんな声が裏から聞こえる、曰く決して怯えるな、どしどし戦えと。又曰く、「耐忍」が必要だ、決して急いではいけないと。
又曰く他人の批評や思わくに囚われるな、自分の所信に直進せよ。（昭2・6・19）
○誰かに頼りたいような、すがりたいような気がする、こんな心持のすることが過去にあったろうか。
四十二年の厄年の前厄ということが泌々とする。（昭6・3・31）

日記Ⅱ

○食前と食後に「論語」をよむ。大変面白い。自我実現と儒教とが一致する。（昭9・8・3）
○自分の根本的な欠点は、己れに囚（とら）われていることだ。イゴイストとはいわない。イゴチストなのだ。（昭9・11・13）
○二回、カフェーに行って数時間を費やしたが、女給というものと始めてゆっくり話して色々と得る所があった。（昭10・1・12）
○演習学生の送別会があり、その席上で自分が大変泣いた。之れは近頃公けの席上での異例である。（昭14・2・10）
○ひるねの時に自分の死ぬ時と考えて、しんみりして国子（妻）や子供のことを考えた。こ

んなことを思ったことは今まで稀であった。（昭18・8・12）

○午前は「カント」を続けたが今日は難解で中々分からない。純粋理性批判がよく分っていないからであろう。十時頃青空が素晴しく美しく、外出したくなったが、刻苦努力した。（昭18・10・15）

某月某日

「河合栄治郎全集——学生思想問題・時事評論集」

真に人格主義に立って、自己一身の肉体的関心を超克する毅然たる信念。信念に忠実に生きぬく勇気。

あの戦争の時代、ここに開陳されている所見を世に問う事は、真に生命を張っての決意なくしては不可能であったであろう。

生命を張るということはたやすい。しかし、それを実践することは至難のことである。

河合先生の、如何なる権力、権威にも屈しない、堂々たる生き方に感動を覚えずにはいられない。先生は真にその生命を張られた。

特に、日支問題論は傾聴に価し、半世紀を経た今日もなお、生き生きとして胸をうつ。

個人の関係においても、個人の真の成長は、個に接する他人の真の成長をもたらすものでなくてはならぬ。よき、つよき、正しき隣人あって始めて、よき、つよき、正しき個人がある。

われわれは、国と国との関係においても、同様の考え方をもたねばならない。

日本の隣国、中国。中国の隣国、日本。中国が真に道徳的にして強大なる事は、日本にとって心から望まねばならぬことであり、中国にとって、日本が真に道徳的にして強大なる事を心から望まねばならないであろう。

いうまでもなく『強大』の上に『道徳的』という前提がつく。

日本国民の性格として河合先生がのべられている五つ。「一、真の自主的愛国心の欠如。二、性格の弱さ。三、嫉妬心。四、好き嫌い。五、非合理主義」（二八〇頁）。

これ又傾聴し反省しなければならぬ日本人の弱点であろう。

この弱点は、結局、日本人が基本的な哲学、倫理観を再構築しなければ克服出来ず、その再構築の最も有力な思想こそが理想主義的人格主義であろう。

「亜細亜解放の理想は正しい。然し今の日本が之を企図するには未だ力が足りないのである。隣国支那さえも納得せしめえない日本がいかにして亜細亜を解放することが出来ようか、此

の理想は遥かに前途の宿題として残されねばならないのである」（三三二頁）

某月某日
「河合栄治郎・トーマス・ヒル・グリーンの思想体系Ⅰ」
○互いに対立し、互いに反撥する思想は、実は自ら識らずして共同の地盤に立ち、唯異なる表現の形態を借りたに過ぎないことを了解するであろう。（三三頁）
○あらゆる思想は理想主義か経験主義（自然主義）かに分類される。（三四頁）
○それ自身互いに矛盾する二元的のものを明白にか暗黙にか包蔵する事に堪えずして、之を一元的に統一せんとするときに人は理想主義者たるを得ない。（三五頁）
○思想はその人の生活の記録であり、血と肉とを以って為された烙印である。（四〇頁）
○人間及び彼とともにあらゆる理性存在者は目的そのものである。決して単に手段として用いるべきでなく、夫れ自身目的として用いられねばならない――カント。（一〇三頁）
○国家は夫れ自身において理性的になり、国家はそれ自体終局の目的であり、個人に対して最高の権利を有す。個人の最高の義務は唯国家の一員たるに在り――ヘーゲル。（一〇四頁）
○グリーンの認識論は略々カントの立場に立ち、之をヘーゲルにより補完せんとするにある。（一二二頁）

○ロックは知識の起源を観念に求め、観念の起源を印象と反省に求めた。（二五一頁）
○関係は何れに由来するか、それは人間の悟性が先天的に附与するものである。（二六七頁）
○悟性は自然を構成（マッヘン）すれども自然を創造（シャッフェン）せず――カント。（二七九頁）
○自然を可能ならしめる条件をグリーンは或いは関係といい、思惟といい、意識という。その表現は異なっても、その意味する処は同一である。（二九〇頁）
○悟性とは認識に対する職能を果す理性（リーズン）の一面である。（二九五頁）
○自我は永遠に意識の自己再現として、智識の理想として目標たるとともに、智識への進歩を鞭撻し激励する原動力である。認識に於いてさえ自我即ち理性は、存在に関する了解を成立せしめる条件たるのみならず、要求として、問題として「あらねばならぬもの」の理念である。（三〇九頁）
○満足したる豚よりも不満足の人たらん方よく、満足したる愚人よりも不満足なるソクラテスたらん方よし――ジョン・S・ミル。（三六九頁）
○自由とは、⑴強制なき状態をいう（市民的自由、法律的自由）。（三八〇頁）⑵意志の自由。（三八一頁）⑶道徳的自由。（三八六頁）
○カントの自我。

カントによれば人間のうちに二つの意志即ち二つの自我がある。一は「純粋」意志又は「純粋」自我（puré will of ego）であり、他は「経験」意志即ち「経験」自我（e'mpirical' will of ego）である。純粋意志とは人間の現実の欲望より独立せるもの、彼自身が立法者たる普遍的法則の実現のために向けられる意志である。経験意志とは最強の欲望によって決定され、これ、又はその快楽に向けられる意志である。（三九二頁）

○自由
- 外的自由（市民的法律的）
  - (1)消極的自由――外部よりの強制なき状態
  - (2)積極的自由――外部よりの強制を排除しうる状態
- 内的自由
  - (1)認識の自由
  - (2)意志の自由
  - (3)道徳的自由

（三九六頁）

某月某日

「河合栄治郎・トーマス・ヒル・グリーンの思想体系Ⅱ」

○グリーンのいわゆる関係は悟性の与うる形式である。（二一〇頁）

○理性は無制約的であり、無条件的である。従って自由である。（二一一頁）

○意志とは自己を満足せしめんとする自我意識の主体の努力をいう。理性とは「行為によっ

て到達さるべき目的として、それ自身のよりよき状態を考うる自我意識の主体の能力」をいう。（三二頁）

○社会は重要であるにしても、各個人の成長のための条件としてその価値を附与されるに過ぎない。（五四頁）

○人格の完成、諸能力の充実、自己実現、これが善である。（五六頁）

○善、即ち理性は制度をうむ源泉である。（六一頁）

○正義とはあらゆるものに彼れ自身に帰属するものを与えんとする恒久的にして永続的なる意志である。（六九頁）

○道徳哲学には二つある。一つは「私は何であらねばならぬか」の問に答えうるものと、「私は何をなすべきであるか」の問に答えうるものとである。（七〇頁）

○グリーンにとって、善き行為とは「善き意志」を表現するもの、若しくは之を増進する傾向あるもの、又は両者を含むもの。（九六頁）

○自己の人格の成長は当然に公共の人格の完成を希求する。（九七頁）

○功利主義のなしたる貢献は、すでに徳に目覚めたるものをして、誰に徳を行うべきかを教えるにある。（一一九頁）

○マルクス主義は、それが改革的たる限りにおいて理想主義を採用し、理想主義を駆逐する

限りにおいて宿命論に陥るであろう。(一四五頁)
○カントに於いて美とは、善き意志である。(一七七頁)
○神の存在の否定。カントは現実の世界と物自体の世界を二つながら認めた。悟性の作用は唯現象の世界のみに限局され、物自体の世界に及ばないと説いた。カントはかくて理性を現象の外に置き、理性の産める宗教道徳を悟性の制約より脱却せしめんとする趣旨であり、現象の世界と物自体の世界に屈するならば、現象に屈せず従って吾々の認識の及ぶ限りでないという説を生ずに至った。これがフランスに於てコントの実証主義であり、……英国コント学派を生じ、両者相呼応して神の存在の如きは、否定しえぬとともに肯定しえないものであり、吾々の知能のラチ外に置くべきであるといい、宗教信者の主張を弱める結果を惹起した。(二〇九頁)
○神とは知の絶対者であり、善の完全者である。それは可能の自我である。(二二三頁)
○科学はあらゆる現象の因果関係を追求して、すべての現象が原因をなし、すべての原因が結果をもつという。(二四二頁)
○愛とは必ずしも人と人との関係についてのみではない。もとより自己自身のためを求めず、あらゆる他のものの善を求めることが愛に含まれることは確かであるが、真正の知識の体系を建設することもそれに含まれる。(二四六頁)

○祈禱と愛の生活への参加。祈禱は他人に聞くことを求めるものではない、いかに他人が解釈するかは祈禱において関係がない。……彼ら（祈禱するもの）は歴史に対する信仰を語るに非して神への憧憬を語るのだから。祈禱についですすむべきことはキリスト教徒の社会のあの活動的の生活、即ち愛の生活に参加することである。（二四九頁）

○実現するべき自我→道徳の理想たるべき自我、知識の理想たるべき自我。（二五三頁）

○公共の善実現のための妨げ→利己心、無知よりくる恐怖心、誤解、猜疑心、地理的遠隔よりする誤解。（二五三頁）

○利己心は境遇の差、機会の差より生じる。（二五三頁）

○自我に三段階がある。⑴現実の自我⑵可能の自我（現に意識されている）⑶理想の自我（二五三頁）

○ベンサムは社会に目的を認める。それは最大多数の最大幸福という物的のものである。
→しかもこの目的は必然的に成就せず、目的々に自由意志になされるものとみた。（二五六頁）

○社会哲学 ┬ 理想主義的 ┬ 系統に分かれる。（二五七頁）
　　　　　 └ 自然主義的・経験主義的 ┘

○人格とは理性と略々同じ。（二五一頁）

○権利には人格権（生命と自由）、財産権、私的関係権利、公権がある。（二八六頁）

○自己心と利他心の共同。一方に社会的善に対する純粋の欲求が、毫も利己的動機に悩まされることとなしに、人事に於て働くことのないと同じように、又他方に於て吾々の利己的動機と呼ぶものが、社会的善に対する無意識の符合により来る指示なしに独り動くものではない。（二九二頁）

○社会契約説の特色。社会構成の基礎を、社会契約を結んだという事実の上に置き、社会に於て権利義務の存続の根拠を契約に同意したという点に求める所に――特異性がある。（三〇三頁）

○哲学の使命。終局的にして一元的の説明を与えることにある。（三二一五頁）

○グリーン社会哲学の特色。グリーン社会哲学は……理想主義に属し、終局的なることと一元的なることに特異性がある。⑴保守主義に陥ることなく改革的、⑵衆民的、公共的、⑶国家は自己目的でない、⑷多元的社会論、社会は国民共同体以外はすべて部分社会である。（三二一六頁）

○グリーン社会哲学の問題点。⑴国家・法律などの政治生活に限局されている。⑵理念としての人を見る急にして、現実あるがままの人間を看過した。⑶国家統治権の根拠の説明不足。（三二一九頁）

○グリーン思想の要訣。
(1)下層構造を経験主義から理想主義に改めた。
(2)自由放任主義の決算
①認識論を観念論に求めた
②欲望論において意志必然論を排し、意志自由論とし、欲望の普遍的要素を人格の成長とした。
③道徳哲学として、吾々の人格の成長は、吾々の同胞のあらゆるものの人格の成長を包含した。
④社会哲学として国家はその成員の権利を、より完全により円満に保持するための制度であるとした。（三四六頁）
○プロレタリア貧窮の原因は資本主義に非ずして土地に在り。（三六五頁）
○英国社会主義の特色。英国社会主義は、凡そ一切の社会主義において二つの特異性をもつ、一つは思想言論の自由と政治上の自由、一つは下部構造に理想主義をもつことである。
マルクス主義はその下層構造において唯物論、唯物弁証法、唯物史観をもち、その上部構造において暴力革命主義と無産者独裁主義とをもつ、英国社会主義は下層構造において理想主義をもって之に対抗し、上層構造に於て暴力革命主義に対する議会主義をもってし、無産

者独裁に対するに言論自由主義を以ってする。(三七四頁)
○理想主義の反対論。三種類あり、⑴本体論、認識論、道徳哲学に対し、⑵欲望論に対し、⑶社会哲学に対し。(三八五頁)
○ギルド社会主義。問題を所有、公有に求めず、経営を生産に従事する者の民主的組織に委任し、賃金支払の雇傭関係自体を廃止すると考える。(四〇一頁)
○社会科学の任務。現在社会秩序の構成を解剖し、その由来する所を歴史的に明らかにし、理想の社会に対して現存社会の欠陥がいずこに由来し、いかにせば之を除去しうべきかの資料を供与することに在る。(四一八頁)
○貧民の負担となる増税に六片を増やさんよりも寧ろ英国の国旗をして泥に塗れしめよ。(三一三頁)
○自由主義とは何か。最大可能の限度において自由を実現せんとする社会思想をいう。絶対的に自由を実現せんとする社会思想は無政府主義である。……自由とは強制なき状態をいう。⑴身体上の自由、⑵思想上の自由、⑶団結の自由、⑷社会上の自由、⑸経済上の自由、⑹政治上の自由、⑺家族上の自由、⑻地方的自由、⑼団体の自由、⑽国民的自由、⑾国際的自由(三二七頁)
○新自由主義。従来の自由主義の下層構造たる経験主義を改め理想主義とした。自由主義自体に対しては内面生活に関する限り自由を肯定し、然らざる場合、自由に干渉するも障害除去の名の下に、社会政策に邁進すべしという。各人の善の実現のため、それが国家の道徳的目的とする。(三六五頁)

実に五十年前に発刊された本書により、自由主義の哲学的体系化が確立されている。トーマス・ヒル・グリーンの理想主義的人格主義の全体系を余すところなく解明し、河合栄治郎先生の思想の源流をなしている。

二 「中国の赤い星」

某月某日

エドガー・スノー「中国の赤い星」

「私自身は共産主義者でなかったし、今もそうでない」と自ら語るスノーが、日中戦争勃発直後、単身、赤色地区に乗り込み、毛沢東はじめ、中国共産党の首脳に会見し、然も赤軍の行動を具(つぶ)さにその目で見、その耳で聞き、現実の中から、その歴史的現実の追求と分析を行い、中国の未来への洞察を行っているすさまじいばかりのジャーナリズム精神に感動する。

ジャーナリストは、現実を直視し、現実の中に身を投じ、現実の中から真実とは何かを問いかけ、その答えを求めなければならぬ。

スノーは、外国人としてはじめて、赤軍の中に入り、共に生活し、共に戦ってその真実を探り当てている。

中国革命の真実をこれ程見事に記録した書はあるまい。毛沢東は、中国の歴史的現実を鋭く分析し、革命の方向と、革命の意味を見出し、中国十億の民衆の前に、前人未到の問題を提起した。

そして、その提起した問題を解く方程式を用意し、定理と解答を用意した。

毛沢東にはマルクス・レーニン主義があり、中国四千年の歴史観と古典的教養があった。およそ如何なる社会的事象に対しても、一定の理論と、一定の史観による確固たる視点を持ち、問題を解明し、答えを出さねば、指導者たる資格はない。また、その解答を冷徹かつ断固たる行動に移す勇気がなければならぬ。革命家は評論家ではないのだ。

「かれらは、資本論とレーニンの著作を読んだであろうか。……かれらは真正の国際主義者であったか。『モスクワの単なる道具』か、または中国のために闘争しつつある本来の民族主義者か。……全体としてかくも不敵に闘ったこれらの勇士は一体何者であっただろうか。何がかれらをそんなに闘わせたのであろうか。何がかれらを起たせたか。……かれらを信じ難いほど不屈の勇士たらしめた希望と夢はなんであったであろうか」(一四頁)

スノーはこのような問をかかげ、

「遠く一九二八年に井崗山の孤山に赤旗をかかげて打って出た小さな若者の一団が、ついにかくも大きな国民運動をまき起す十字軍に発展し、いまや中国の運命の仲裁に出ようとする者は誰でも、それが広汎な民衆を代弁しているのだと主張することを否定しがたくなっているということ、これである。血なまぐさい内戦の幾年、長征の冒険の勝利、外国よりの侵略に対する闘争、それらすべてを通じての基本目標――人民の、人民による、人民のための政府を作るための、中国における一般男女民衆の権利の擁護と被支配者の解放――の執拗な追求は、今こそ頂点に達しようとしていた。

中国にはじめて赤い星をかかげた物的、精神的の勝利は――それ程遠くないのである」(三五八頁)と、答えを出している。この著作が、一九四四年六月であることに今さら驚嘆する。

スノーは、歴史を洞察したのである。

三　「毛沢東選集」

某月某日
「毛沢東選集第一巻」
毛沢東は革命の主体を農民におく。然も、その革命は、非情に徹し、妥協のない冷酷さを示す。
革命とは、そのような冷酷さ、そして非情が要るというのが毛沢東の考え方だ。時には大衆の理解を得られず、孤立無援の寂寞を感じながら、彼は、自らの思想と、信念に徹して行動をする。

一九二〇年代、中国をおおう、やりきれない程の封建制、反革命分子、植民地、半植民地体制に対して、彼は、農民をあくまで重視し、着実なる革命の道を歩んだ。

科学的な冷静さ、その科学的分析に立っての不抜の方針。

「調査なくして発言権なし」（二一六頁）、絶対的平均主義（一五一頁）、極端な民主化の排除

（一四八頁）、民主集中制（一四九頁）、革命家の寂寞（一三一頁）は注目に値する。

――物質の分配は「その能力に応じて働き、その能力に応じて与えられる」という原則と、仕事の必要に応じておこなわれるのであって、決して絶対的な平均というものは存在しない。（一五一頁）

――党の規律の一つは少数が多数にしたがうことである。少数者は自分たちの意見が否決された場合には、多数が採択した決議を擁護しなければならない。（一五〇頁）

――組織の面では、集中主義的指導のもとでの民主主義的生活を指導することである。（一四九頁）

――「下から上への民主主義的集権制」「まず下部にうつして討議させ、そうしてから上部で決議せよ」などというまちがった主張……。（一四八頁）

――中国は現在、たしかに、まだ、ブルジョア民主主義革命の段階にたっている。中国の徹底した民主主義革命の網領には、対外的には帝国主義を倒して徹底的な民族解放をはかること。対内的には都市における買弁階級の勢力を一掃し、土地革命を完成し、農村の封建的な諸関係をなくし、軍閥政府をくつがえすことがふくまれている。

このような民主主義革命をへて、はじめて社会主義に移行するほんとうの基礎をつくりだす

ことが出来るであろう。（一三一頁）

某月某日

「毛沢東選集　第二巻」

二巻の中の白眉は「実践論」である。実践論はまことに明快に、マルクス・レーニン主義の哲学、唯物論的弁証法の二つの柱に立って革命的な実践方法論を唱える。

この実践論は、単に国家の改革を考える場合のみでなく、あらゆる組織、それが企業経営であろうと、およそ、改革や、革新を必要とする組織体のすべてに大きな示唆をあたえるであろう。

——実践を通じて真理を発見すること、また実践を通じて真理の正しさを立証し、真理を発展させること、感情的認識から能動的に理性的認識にまで発展させてゆくこと、また理性的認識にもとづいて、能動的に革命的実践を指導して、主観的世界と、客観的世界とを改造すること、実践、認識、再実践、再認識という形で、この循環往復を無窮に繰返してゆくこと、しかも、実践と認識が循環するごとに、その内容がいちだんと高度のものに進んでゆくこと、これがつまり弁証法的唯物論の認識論の革命であり、これがつまり弁証法的唯物論の

知識と行動の統一観である。（二三八頁）

革命の真只中にあって「実践論」という明快かつ洞察にみちた理論を打ち立て、その行動の中に、理論の正しさを展開した毛沢東は、けだし、レーニンに比肩する稀有の存在であろう。

某月某日

「毛沢東選集　第三巻」

「矛盾論」「持久戦論」「自由主義に反対す」

唯物弁証法という理論をもちいて、矛盾論を自らの哲学とした毛沢東は、持久戦論において、現実の最も困難なる問題である日中戦争をとらえて、これを明快に分析し、その難関に対して答えを出した。

かれは、物事を一面から見ずに常にその反面をみる。物事の中にひそむ矛盾を発見する。そしてその矛盾の発展の方向を見究める。そこに行動の根拠を置く。かくて革命は成功した。

矛盾論をみる時、かれが極めてすぐれた哲学者・歴史家・政治家・軍略家であることを知る。毛沢東は常に現象をマルクス・レーニン主義によって分析し、その分析の結果にもとづいて原則をたて、行動に移った。

かれは無原則を根本的に排撃し、原則に反する人を抹殺したのである。

――矛盾の普遍性または絶対性という問題には二つの意味がある。その一つは、矛盾があらゆる事物の発展過程のなかに存在しているということである。他の一つは、いずれの事物の発展過程のなかにも、はじめから終りまで矛盾の運動があるということである。（一七頁）

――レーニンはいっている。『敵対と矛盾とは、はっきり違う。社会主義のもとでは、敵対とは、矛盾、闘争の一形態であって、それがすべての形態でなく、どこでもその公式がつかえるものでないことを意味する。』（六一頁）

――抗戦の勝利獲得のための中心の一環は、すでにはじめた抗戦を全面的、全民族的な抗戦にまで発展させることであり、このような全面的・全民族的な抗戦だけが抗戦に最後の勝利をあたえることが出来る。（二一六頁）

――自由主義は日和見主義の一つの現われであり、マルクス主義と根本的に衝突する。（九二頁）

――われわれはマルクス主義の積極的精神によって消極的な自由主義を克服しなければな

らない。共産党員は心が潔白で、忠実で、積極的で、革命の利益を第一の生命とし、個人の利益を革命の利益に服従させ、いつどこででも、正しい原則を堅持し、すべて正しくない思想や行動と、うまずたゆまず闘争することによって、党の集団生活を強固にし、党と大衆とのつながりを強固にし、個人のことに気をつかうよりも、党と大衆とのことに気をつかうことを重んじ、自分のことに気をつかうよりも、他のもののことに気をつかうことを重んじなければならない。（九二頁）

自由・平等・博愛はフランス革命以来、近代民主主義国家の理想である。資本主義国家は自由を、社会主義国家は平等を理想として追求し、今日に至っている。

自由を立てれば平等が薄れ、平等を立てれば、自由がうすれる。それを調和共存するには、愛しかない。しかし、それが至難で人類は苦しみぬくのである。

毛沢東は、中国人民のため平等を求めて自由をおさえ、革命を成功させた。かれの悲劇は、晩年、権力に盲執し、死後、解放したはずの人民に背かれたことにある。

平等を徹底して自由を抑圧したソ連と中国は行きづまり、自由を徹底して平等を犠牲にした米国を主とする資本主義国家群には、不公平と差別に泣く人々が少なからずいる。

結局は、その両体制の混合的調和発展に、人類はゆきつくのであろう。自由と平等の両極にある米・ソの人類に対する責任は無限であり、社会主義国家以上に社会主義的といわれ、自由主義国家中、最大の自由が保証されている日本の使命は、まさに無限である。

某月某日

「毛沢東選集　第四巻」

本書の中心は「新民主主義論」である。いうまでもなく毛沢東が、革命後どの様な政治姿勢を構想していたかが、簡明に説かれている。

毛沢東は明らかに戦争を肯定する。彼は革命至上主義者である。のちにスノーが、「The Long Revolution」（一九七一年）に著した如く、革命成就後も、反革命との闘いをつづけ、文革を通して理想の王国を求めようとした。

彼が一片のマルクス主義者と相違するところは、マルクス・レーニンの使徒であり、スターリンの友である以上に、中国人であり、中国四千年の歴史と中国十億の民を何よりも愛している愛国者たらんとし、民族主義者たらんとしたことだ。

「中国現在の革命の任務は、反帝・反封建の任務であって、この任務を完遂するまでは社会主義は語れない」（二四八頁）、「公式的なマルクス主義者は、ただマルクス主義と中国革命をおもちゃにするだけであり、中国革命の陣営内にかれらのしめるポストはない。中国文化は自分自身の形式をもつべきである」（二八一頁）。

子供の頃、私は中国の上海で育った。その上海の街角で、カゴに入れた子供を売る老人を見た。夕やみ迫るころ、街角にムシロをかぶって眠る貧しい苦力（肉体労働者）を見た。「犬と支那人入るべからず」とある上海ガーデンブリッジ公園の入口にある掲示をみた。

毛沢東を批判する事はたやすい。それはちょうど、「昨日の天気予報をする」如く。しかし、四千年の歴史の中で、たとえようのない貧富の差、奴隷以下の生活に泣いた多くの庶民。アヘン戦争以来、外国の植民地、半植民的屈辱に泣いた庶民。それらを解放した毛沢東の歴史的偉業を無視は出来ない。

近代化の名の下に、現在の中国の指導者は苦悩している。しかし、十億の民が再び、貧富の差と植民地的屈辱に泣く事は避けねばならぬ。それは「初心」を忘れぬ事であろう。

四　「暗い波濤」

某月某日
阿川弘之「暗い波濤　上・下」

深い感動をもって読了した。すぐる第二次世界大戦で、実に多くの若者が、その青春のすべてを賭けて戦い、実に多くの有為な青年が、戦場に散って行った。

生と死が一枚の紙の裏と表の如く一体となった戦場。心の中に生を求める思いと、死を決する思いとが、交錯しながら、時間が容赦なく過ぎてゆく。

人々の願い、人々の祈りを無視する如く、死は一瞬にして現実となる。

死は安らぎである以前に苦痛であり、諦観である以前に恐怖である。

多くの若者が、その堪え難き苦痛と、押え難き恐怖と戦い、その瞬間々々に、生命をかけて、力の限りをつくして生き抜いた。

それは見事であった。

読む者の心中に、深く疼くような悔恨と、痛惜をのこす、過ぐる大戦に散華した若者への鎮魂の書である。

あの暗い時代、海軍予備学生が、どのように生き、どのように戦い、どのように死んで行ったのか。

実に驚くべき、著者の執念の取材によって、克明に見事にあの時代が再現される。

想えば空しい時代であった。しかし、今になってみると誰もが、空しい時代と思えるのに、あの時代に生きた人々は、何故に、その空しさを思わなかったのであろうか。

まして、国の指導層にある者、歴史を導く責任のある為政者は、その時代の終った後のことを、冷徹に考えて生きなくてはならぬ。

指導的な役割を果す者は、誰しも、後に来る時代を考え、あるべき姿を思い、その考えと思いを常に胸に秘めて、今を生きるべきなのだ。

彼らの死を空しいものにしないために、生きる事が出来ている私達に代って死んだ彼らのために、私達は今と未来を考えながら生きねばならぬ。

――死は生き物に必ず一度は訪れて来る。いずれ一度は死ぬのだとすれば、充実した生を

送った方が内容空疎な長命を保つよりいい筈だ。（上・一一六頁）
——人間、死ぬ時は死ぬ。助かる時は助かる。「死とは何か、死んだ後は永劫の闇か」。（上・二七五頁）
——悲しくも苦しくもないが、せめて今はのきわの何か心の拠りどころが欲しかった。ふと彼の瞼に、靖国神社境内の桜満開の風景が色つきで浮んできた。そうか、あそこへ帰って行くのだ。自分のような者でも、こうして死ねば、靖国の神となってあそこへ行けるのだと思うと、彼の心は不思議に安らかになって来た。（下・九三頁）
——国を守るとは一体どういうことなのだろう。男が守るべき具体的対象は、まず愛する女と子供、親兄弟なのではないか。国体の護持というような正体のはっきりしないもののためにきおい立つ海兵出身の青年将校より、せっせと家族に食物を運んでいる特務士官の方が、戦いのほんとの意味を知っている賢い生活者ではないだろうか。（下・一七九頁）
——よく戦場で人間性がむき出しになるというけれども、いくさの間は、戦友愛や、忍耐、勇気、自己犠牲の美しさを多く見、醜いものを少ししか見なかった。いくさが終ってから見るに耐えないものをどっさり見せられた。（下・三四二頁）

五　「軍艦長門の生涯」

某月某日

阿川弘之「軍艦長門の生涯」

大正九年から昭和二十一年七月まで、二十五年八カ月。全滅した日本海軍の戦艦の中でただ一隻、その生涯を完うした。軍艦長門の艦長を中心にして、日本の大正・昭和史を物語る。長門を生んだ平賀譲造船中将を頂点とする日本が、世界に誇った造船技術陣。彼らはひたすらに世界最強の戦艦を造らんとした。

長門にその執念が結晶した。やがて、戦艦大和が生れ、戦艦武蔵が生れた。しかし、世界の大勢は、この巨大な戦艦を無用の長物とし、艦隊決戦の時代から、航空機決戦の時代に激変して行ったのである。

この激変を見通し得なかった、日本海軍首脳部の硬直した頭脳と思想！

それが連合艦隊の全滅を招き、それが日本の敗戦を導いたのだ。

アメリカの巨大な経済力、技術力（レーダー、VT信管、原爆）、人命優先によるモラールの向上。戦術・戦略の原理・原則重視。信賞必罰。その上に立ったアメリカ海軍首脳陣の科学主義、合理主義に、精神主義一辺倒の日本海軍首脳部は敗れ去ったのである。

――もともと海軍は「サイレント・ネイビー」と呼ばれるのを誇りとして来た。肩をいからせての大言壮語をきらう風があって、それが軍艦の名前にも反映している。（上・四三頁）

――日本人なら大和魂で勝ってみせるんだと説を成す人がありますが、それはうぬぼれというものですよ。世界が束になって来てもとか、そんな勇ましいことを言うのは、意気は壮としても、責任の無い人の言葉です。負けるに決っているような馬鹿な戦争はやってはいけません。（上・二四三頁）

――アメリカは決して物量だけの国じゃない。アメリカ海軍の兵隊は、人種混淆でクズも多いが士官はちがう。日本の海軍士官よりはるかによく勉強しているし、頭は柔軟で、統率力もすぐれている。（下・二五四頁）

――英霊がみんなで、ふな底から長門を支えている。（下・三五一頁）

六　「連合艦隊の最後」

某月某日
伊藤正徳「連合艦隊の最後」

連合艦隊は、その全力をあげて太平洋戦争を戦った。

そしてそのことごとくが太平洋に沈んだのである。「大海軍を想う」「軍閥興亡史」「帝国陸軍の最後」とともに、過ぐる大戦における日本陸海軍の興亡を解明した必読の名著。

戦の勝敗にはかならず原因と理由がある。天祐・神助・奇蹟などという事は、その結果のみをみて後になって都合よく表現する言葉であって、理由なき天祐、原因なき奇蹟は生起しえない。

⑴彼我の力の比較、⑵彼の実体評価、⑶我の実体評価、⑷周到なる作戦、⑸計画を実行する日程（スケジュール）、⑹断行する勇気と沈着。

これが勝利の原因であるが、惜しむべし、連合艦隊は⑴⑵⑶を欠如した。

——憐むべし、一言「ノー」の勇気を欠いて無謀の戦争に引摺られ、百戦功なくして、逆に全滅の悲運に会う。ああ、大艦隊はもはや再び還らない。その大なる存在も、今は昔の物語と化した。昔、中国の詩人が阿房宮を嘆いた筆法をもって結べば、我が連合艦隊を亡ぼしたものは日本なり。敵国に非ざるなり。（二三〇頁）

七　「戦艦武蔵」「戦艦武蔵ノート」

某月某日

吉村昭「戦艦武蔵」「戦艦武蔵ノート」

不沈戦艦を建造し、その巨砲をもって敵戦艦を轟沈せしめるという艦隊決戦の思想が、大和と武蔵を生んだ。その建造に当っての異常なる苦闘。

その建造の期間に、設計図の紛失という事件が発生、民間造船所たる三菱造船所で建造された武蔵は、その生誕それ自体、苦渋にみちたものであった。時代は大きく変っていた。

昭和十九年十月二十二日。一機の護衛機もない武蔵は、むらがり襲う敵の魚雷を十九本うけ、シブヤン海中にその巨体を没した。

「ノート」はその沈没に至る武蔵の生涯に戦争の空しさを凝結させる。日本人は戦争を美化し、その悲惨を否定することが出来なかった。吉村昭の作品は、「殉国」「大本営が震えた日」「陸奥爆沈」「赤い人」「ふぉん・しいぼるとの娘」など、どれをとってみても、史実や事実の驚くべくたん念な取材によって、構成され、人間の悲哀、そしてロマンがあり実に説得力がある。

――「この艦は絶対に沈まない。沈んだ時は、日本の終りなのだ。国の終りなら、死んでも一向に悔はない」そんな素朴な論法が、乗組員たちの間に、一種の信仰のような根強さでひろがっていった。(一八三頁)

――戦争は、一部のものがたしかに煽動してひき起したものかも知れないが、戦争を根強く持続させたのは、やはり無数の人間たちであったに違いない。(二二五頁)

八　「竜馬がゆく」

某月某日

司馬遼太郎「竜馬がゆく・立志篇」

――大丈夫たるもの、好き嫌いで物をいうてはならぬ。大丈夫たるもの同情されてはならぬ。（一二二頁）

一芸に徹し、一道に達するということは、その一芸、一道を会得した人間を、衆に卓越したものにする。しかし、それで終った時、所詮、単に一個人の物語りとしての興味でしかない。

宮本武蔵の生涯などは、けだしその類であろう。

――竜馬は維新史の奇蹟といわれる……日本史が坂本竜馬をもったことは、それ自体が奇蹟であった。なぜならば、天がこの奇蹟的人物を恵まなかったならば、歴史はあるいは変っ

ていたのではないか。（二八二頁）

一芸に徹し、一道に達した人が、天下国家の運命の中に自己の関与する機会と場所を自覚したとき、その人生は歴史的となり、その歴史は一個人としての歴史ではなく、天下人としての歴史となる。

竜馬はその自覚をもち、歴史に体当りし、歴史の歯車を動かして、忽然と消え去ったのであった。

某月某日

司馬遼太郎「竜馬がゆく・風雲篇」

――日本史が所有している「青春」のなかで世界のどの民族の前に出しても十分に共感をよぶに足る青春は、坂本竜馬のそれしかない。（三三〇）

天衣無縫、その思いに邪なし。あるはただ天下衆生を如何にすべきかという一片の丹心、灼熱の赤誠のみ！　刺殺すべく訪ねた勝海舟の思想と人物に打たれ、傾倒して直ちに弟子入りを懇願する竜馬。竜馬の思想を根底において形成した人は勝海舟であった。

海舟の思想は、海によって育てられた。海軍であった海舟は、海によってその自らの目を世界に向って開いた。

自らの思想の次元を同時代より一歩高めることが、天下の英雄として第一の条件なのだ。

——そりゃ、おれ、男の子じゃもんなあ。志のため、野末でのたれ死にするのは男子の本懐じゃと思うちょります。(八三頁)

——士農工商のない世の中にしたい、とフト思うだけじゃ。武士、武士といっても、色分けが百とおりほどある。その色分けの中から出ることができぬ。それはなぜか。将軍一人身分をまもるために、日本では、二千万人の人間の身分をしばっちょる。(一九二頁)

——そのときは、そのまま死ぬまでよ。命は天にある。(一九八頁)

某月某日

司馬遼太郎「竜馬がゆく・狂瀾篇」

人生にも、社会にも「機」というものがある。「機」は自然の流れ、歴史の流れの中に突如として現われる。

多くの人は、その「機」を見過ごす。否、「機」を見ても、その「機」を摑む決断と、その「機」に身を投ずる勇気を失する。

竜馬はその「機」を重視した。自らの才を頼まず、時の流れ、歴史の動きを洞察しようとした。

その流れ、動きを、専ら竜馬はその耳によってとらえた。彼の耳に、時の動き、歴史の流れを、その中にある「機」の重大性を叩き込んだ師こそ、勝海舟であった。

多くの人が、維新の歴史の中に、虫けらの様に空しく死んでいった。全て、虫けらの如く死んでいった人は、時の流れ、歴史の流れと、その中にある「機」をつかみ得なかったのである。


中国の半植民地時代の歴史、清国の末期に、何よりも、日本史の中にいた武士がいなかった。武士は、自らの生命をかけるもの、生命を捨てるに値する対象をもった。それは「忠」であっても「義」であっても、その対象のために、時に自らの死を自らが絶つことに人生の価値、人生の美学を求めたのだ。

竜馬は「義」に生き「義」に死した。

——家康以来、三百年の政権が、僅か数十人の浪士団で崩れるとはおもえない。彼等はおそらく死ぬ。死んだあとでさらに誰かが死ぬ。さらに誰かが死ぬ。その累々たる屍の列の果てに……理想時代がくるであろう。（一〇〇頁）

――アメリカでは大統領が下女の暮しの立つように考えて政治をやる。徳川幕府は徳川家の繁栄のみを考えて、三千万人の人間を押えつけてきた。幕府、幕下の諸大名しかり。藩の都合だけで政治をする。いったい、日本人はどこにいるか。最も光栄をになうべき日本人はどこにいるか。日本人は三百年、低い身分にしばられ、なんの政治の恩恵も受けていない。この一事だけでも、徳川幕府は倒さねばならぬ。（一三三頁）

――新選組にも正義がある。かれらもまた尊王攘夷の時の流行に動かされて、郷国を捨て集ってきた……ただ志士たちとちがう点は、革命家でなかった――新選組隊士は、近藤以下思想家ではない。現行秩序がいいか悪いかなどという批判の力はもっていない。（一八四頁）

然り。竜馬となれ。近藤勇となってはならぬ。

某月某日

司馬遼太郎「竜馬がゆく・怒濤篇」

維新の歴史の中に、多くの武士が、目前の現象に昂奮し、皮相に踊って暴発した。

その多くの空しい死者の中に、竜馬は入らず、己の所信に生きた。自ら信ずる所に生き、自ら信ずる所に死す。男子の生涯は、すべからくかくあるべし。

竜馬の生涯は、天衣無縫であった。しかもその自在の思考、行動の底に、強烈なる理想があった。

――「天皇のもと万民一階級」というのが、竜馬の革命理念であった……天下一階級という平等への強烈なるあこがれが、かれら（土佐郷士）たちのエネルギーであった。その先頭に立ったのが竜馬である……平等と自由、という言葉こそ知らなかったが、その概念を強烈にもっていた。（三五七頁）

竜馬の大構想に従って、長州の桂小五郎、薩摩の西郷隆盛が薩長連合を成しとげた。今や、幕府は、この宿命のライバル藩、仇敵の両藩の秘密連合を知らぬままに長州征伐に赴き、崩壊するのである。幕府を救援する筈であった諸藩に、もはや大義名分はなく、戦意は求むべくもない。歴史の流れと、その本質を見失った幕府は、歴史に見放されたのである。

某月某日

司馬遼太郎「竜馬がゆく・回天篇」

大理想のためには多少の不純、不潔、を併せ呑む事が必要となる。度量、海の如し――と竜馬はいわれた。清濁併せ呑むの気概が薩長を合同せしめ、天下の人材が彼の下に結集した。

彼は、片々たる藩人の意識を超克し、日本人としての自覚に生きた。

彼は回天の業を企画し、その実行は岩倉と西郷と大久保、小松帯刀に委ねた。己の名声を求めず、一切の私心を去って只管（ひたすら）、王道を歩こうとした。

刺客の一剣は竜馬の生命を奪ったが、彼の理想と彼の理想への献身は、維新史の中に燦（さん）として輝き、永遠の光を放っているのだ。

――歴史が変ったのだ……この未曾有の時代に、鎌倉、戦国時代の武士道で物を考えられてはたまらぬ。日本にとっていま最も有害なのは、忠義ということであり、もっと大事なのは、愛国ということです。（二八八頁）

司馬遼太郎の歴史文学は過ぎ去った歴史の中にわれわれを投じ、歴史上の人々とともに生きる感懐を抱かせる。不思議な文章力、無限の教訓、比類なき確乎たる史観。驚嘆する。

九　「徳川家康」

某月某日
山岡荘八「徳川家康　第一巻（出世乱離の巻）」

　今川と織田に包囲された形の松平と水野。弱小勢力の合力しか対抗して生き残る事は出来ない。

　松平広忠は、水野忠政の息女、於大（をだい）をめとり連合を試みる。於大は家康を産みながら離縁される。今川に随身する水野の娘であるがゆえ、織田にはばかってのことであった。

　織田は信秀の時代であり、その子、信長がすでに長じつつある。

　ここに歴史がある。歴史は、ある面で人と人の集団の生きるための戦いでもある。その戦いは、力と力の戦いなのだ。

　そしてその力とは、智・胆力。その智と胆力をあわせもつものが勝者となる。

――これだけ紊れきった天下には、百姓・町人、みなふり仰ぐ大義名分の旗をかかげる策がのうては叶わぬ。（二一六頁）

――神々は人類のために国土を産み給うても、個人のために産んではいない。それを誰彼が私（わたくし）しようとしだした時から、その神罰は「戦い」を課している。（二一五八頁）

某月某日

山岡荘八「徳川家康　第二巻（獅子の座の巻）」

於大の前に広忠の愛妾お久がいる。お久と広忠の間には男の子がいる。

水野と今川の結縁を、織田にはばかって広忠に離縁された於大は、家康を残して久松弥九郎に嫁すのであった。

於大を今も愛する広忠は、嫉妬に狂い、八弥の許嫁お春に恋愛し、八弥は殺される。広忠不在の岡崎の地は今川に奪われ、織田の人質たる家康はそのまま今川の人質となる。

織田信秀は好色の晩年を送り閨中に死し、信長は内憂外患に見舞われる。

刹那に全人生をかけて勝負をする。信長はそういう人であった。自らの命運を自ら信じて、悠々と生きる家康とはその生き方において対極にあった。
　多くの忠実な家臣団に守られ、幼き頃より忍耐の生活を送る家康。父、信秀の好色多妾、多児による権力闘争の中に抛り出された信長。忠臣、平手中務政秀と、妻である斎藤道三の娘・お濃のみが味方であった。信長は狂気を演出してこの危機をのりこえる。常識や、世評を無視して、彼は独自の世界を自らの力で開拓してゆく。人を頼まず、神仏に依らずただ自らの思想に生きる。

　――信じ合う心というより、信じ合えるが故に人間なのじゃ。人間が作っているゆえ、国というが、信がなければ獣の世界。（三八七頁）

某月某日
山岡荘八「徳川家康　第三巻（朝霞の巻）」
　今川義元は、五万の兵を率いて上京。その途次、田楽狭間において、僅か八百の勢、信長の急襲により落命する。義元の先兵として大高城を攻める松平元康。元康は初陣に功を挙げる。

信長の果断、その天才的な革新思想をもって尾張を統一し、先ず今川義元を平らぐ。道三の娘お濃をめとり、子を産まずと知るや、お類、奈々、深雪を妾とし、お類に三子を儲ける。家康また鶴をめとって二子を生す。

秀吉。見定めた主、信長へのただ一筋の傾倒。家康。忍の一字。それもただ家のため、家を守る代々の家臣のため。

桶狭間の戦。信長の果断。目標に向ってまっしぐらの突進。

——大将となると……武道兵法はむろんのこと、学問もせねばならぬし、技術もわきまえねばならぬ。よい家来をもとうと思うたら、わが食を減らしても家来にひもじい思いをさせてはならぬ。（三二一頁）

某月某日

山岡荘八「徳川家康　第四巻（芦かびの巻）」

戦国の世、男と女の恋の哀れさ、そして悲しさ。家庭の平和などは慮外であった。

家康は今川義元を討って軒昂たる信長から手を差しのべられる。狂うが如く反対する築山御前を押えて、息子信康と徳姫の婚約をすすめる家康。その時、意外な事が発生したのだ。三河に一向一揆が起きた。於大の切言により、家康の寛大な措置が一揆を動かして乱は収まった。そこに内患が起きる。築山御前の嫉妬であった。その頃、家康は信長と提携する。然し、断じて臣下の礼をとらぬ。信長は将軍義昭を奉じて上京する。ついに信長は天下をとった。天下をとってこれを治めるため子孫を増やそうとした。多くの側女をもった。

信長の果断と深慮。時代の先を読む思考力の深さ。家康の忍とともに戦国武将に類を見ない。

感情を殺して理性による。己を捨てて大義に立つ。よき部下は翕然（きゅうぜん）として家康の下に集った。その部下に耳を傾けた。家康は次第に天下人としての人生を歩み、家康は、義理を貫いて生きぬこうとした。

——予は女子の差し出口は大嫌いじゃ。男には女子と違う苦心がある。その心づかいを誤まると、予だけでない。そなた達から、一族のすべてにかかわる大事になるかも知れぬ。それゆえに、男の思案の邪魔はすまいぞ。（三三二頁）

某月某日

山岡荘八「徳川家康　第五巻（うず潮の巻）」

家康と築山御前の不和。今川義元の姪、鶴姫は、家康の政略結婚の具とされ、やがて、義元は信長に滅ぼされる。信長は天下布武のため家康と和し、側室お類の娘・徳姫を鶴の長子信康の妻とした。伯父の仇の娘を息子の嫁にさせられたお鶴。

家の繁栄のため側室を増やして、妻を顧みない夫、家康。夫婦の間には憎悪が生れ、その溝は日を追って増大し、家康は家庭の崩壊に直面する。内部の乱れ。それは如何なる外圧よりも甚だしく、人の運命を左右する。

——常に民の声をきく、それが信長の政治の信念であった。（一六頁）

——われ一人では何も出来ぬ。これが三十二年の間、つくづく思い知らされた家康が経験じゃ。家臣はみ宝。わが師、わが影じゃ。（二七八頁）

某月某日

山岡荘八「徳川家康　第六巻（燃える土の巻）」

徳川家康をはじめ、数多くの武将たちが、生命を賭して天下を狙う。智力、胆力、策謀、奇智。あらゆる才覚を縦横に駆使して、ライバルを倒してゆく。

天命もあろう。しかもその天命は、最後の勝利を、人の心をつかんだ者に与える。

戦国の主従のすばらしき在り方。家康を面罵し、直言する部下。主のために謀り、主のために泣く部下。美しい主従の固い信頼と敬愛の絆で結ばれた心の交流。

忠臣、本多作左衛門と家康よ！

――前例の有無にかかわらず、ものにはけじめが大切……。（一九五頁）

――わしはな、いま女子供のことに思いをめぐらしている暇はない。常に生死の間にいる。女子どもにそれを悟らせたいのだ。（三一八頁）

某月某日

山岡荘八「徳川家康　第七巻（颶風の巻）」

信長は、鉄砲という武器の革命的意義を発見した。この革命的武器によって、足軽を一騎当千の武将に匹敵せしめた。

目的を達するための最も合理的かつ効果的手段。信長は時代の本質を見抜き、その本質が合理性にある事を知った。

すべてをその合理性で貫徹した。その合理性に合致せぬものをことごとく覆滅排除した。あやめの死。築山御前の死。信康の自害。勝頼の死。如何に多くの人の命が冷徹な信長の信条により失われて行った事か。

信長は天下を狙い、時代の合理性を手にしようとしたのだ。

——結局、武将が心服して働ける大将は生涯ただ一人しかないのではなかろうか。（九四頁）

——堪忍ほどわが身を守ってくれるものはない。誰も出来ぬ堪忍をじっと育てよ。（一二六頁）

某月某日

山岡荘八「徳川家康　第八巻（心火の巻）」

信長は天下を志し、その志を得んがため、自分の考えをひたすら貫いた。

吾が志を知る者は知れ、知らざる者は去れ。吾が前を妨げる者は打砕し、一切の常識、一切の絆を断ち切った。部下は無条件に心服し、追従する者と考えた。時に非情に徹した。しかし、明智光秀の理性が、主君・信長の非情を拒否した。

秀吉はその情感で主君・信長に没頭した。光秀は「主殺し」という不義のレッテルをはられて制裁された。光秀の理性は秀吉の情感に負けたのである。

だが、歴史の流れこそ真の主君。その主君に従って忍び、己れの分に生きる者が、歴史に生き残るのだ。

——あらゆる人々がこぞって希う「極楽浄土」の建設に生命がけで協力するが真の武将。（一七二頁）

某月某日

山岡荘八「徳川家康　第九巻（碧雲の巻）」

秀吉は信長の遺志を果すという大義名分に立った。信長の生き方を秀吉流で継承した。目的を達成する手段は数であった。敵に数倍する兵力。敵陣分裂の細作。変幻無礙（むげ）の外交策。信雄を討ち、柴田を討つ。清洲会議で信長の継承者としての脚本を書き、演出をした秀吉は、大義名分をあくまで押したてて、意地に生きる人、欲に生きる人を押え、天下人の途を歩一歩と登って行ったのだ。

——これからの秀吉に個人の敵は一人もいない。手きびしく刃向うてきた者も、理を悟れば助けて重用するが、その理が分らねば、たとえ家人兄弟たりとも容赦せぬ。（一四〇頁）

某月某日

山岡荘八「徳川家康　第十巻（無相門の巻）」

応仁の乱で民は疲労した。中世のもつあらゆる不合理、特に宗教に対して信長は仮借なき戦を展開した。比叡山焼き打ち、石山寺粉砕。自らの思想を性急に追求し、従わぬ者、間尺に合わぬ者を容赦なく折檻した。思いもかけぬ最側近・光秀の私怨と被害妄想に斃れる。信長公の遺志を継ぐ——秀吉は全てこの大義に生きた。信長公に徹底して人生を賭けた。信長以外の一切を無視したのだ。

運は用意されているのでなく、大義王道を行く者に付随する。秀吉は自らの運を開いた。柴田勝家が運を待っている時、秀吉は運命の前髪を摑んだ。家康は運命をじっと待った。

同じ侍ちの勝家と家康。二人の根本の違いは、勝家は秀吉の同僚であったが、家康は秀吉の主君の同僚であった。

——真に天下を狙う程の者ならば、目の前の人を相手にせず天を相手とせよ。(三〇二頁)

某月某日

山岡荘八「徳川家康　第十一巻（龍虎の巻）」

天下平定は信長の意志であり、秀吉はその意志を継承して、ついに東国を家康と握手して治め、中国・四国・九州を平定した。

両雄は並び立たないのが世のならいである。しかし、両雄は両雄の力を知って妥協の途を選んだ。秀吉は義兄弟として家康を腹中に入れるべく、妹の朝日姫をムリに離婚させてその意志を貫いた。

家康は、秀吉と自分との年の差を読んで居る。天命を信じ、人事を尽し、時が過ぎ、人の生命に時が冷酷に終りを告げるのを忍耐強く待っているのだ。

——大将という者は敬われているようで家来に絶えず落度を探されている。恐れられて居

るようで侮られ、親しまれているようで疎んじられ、好かれているようで憎まれる。（九五頁）

某月某日
山岡荘八「徳川家康　第十二巻（華厳の巻）」

本多作左と石川数正。二人は家康の志を遂げさせるために心を合わせ、大芝居を打った。数正は城抜けをして秀吉に身を投じる。作左は徹底した反秀吉派を演じて三河勢の不穏の空気を押える。極限を演じてその大局に手を打ったのだ。家康は実によき家臣団に恵まれた。信長と秀吉は徹底して実力者を登用した。然し家康はその中核を三河勢の一途な律義者の集団で固めた。

待つあるのみ。家康は、時を読んだ。やがて秀吉の寿命がつきる。その時、時の流れは自ら家康の方に向うであろう。ムリをしない。然も家康はあらゆる政治力学を行使して秀吉との距離のバランスを保持した。

――人事を常に尽せ。人事を尽した上の行動に、も早やアレコレ気を使うまいぞ。（三二一

七頁）

某月某日

山岡荘八「徳川家康　第十三巻（侘茶の巻）」

家康は本多作左衛門という無類の忠臣をもった。家康の幸福はその家臣の素晴しさであろう。家臣も偉かった。その家臣をそれぞれに活かして働かせた家康は尚、偉かった。

戦国最大の英雄、信長・秀吉・家康。歴史は屢々、英雄がつくる。英雄はそして男であり、男の世界の中に女が生きる。男の野心。男の夢。そのために多くの女が泣き、嘆き、喜び、死んでゆく。

お万も、朝日も、お吟も、お愛も、茶々も。

秀吉は有頂天になった。北条を降し、東北の会津まで足をのばした。出来ないことは何もなくなった。自分は天日の子とうぬぼれた。源頼朝の木像をポンと叩いて豪語した。

人は好運にある時、天を怖れ、人を怖（おそ）れ、己を怖れねばならぬ。

——秀吉は無学・成り上り・卑賤の出といわれた時、激怒した。（三三五頁）

某月某日

山岡荘八「徳川家康　第十四巻（明星瞬くの巻）」

人間は天運を恐れなければならぬ。九星暦法によれば、人は十二年間に二年間、空茫（衰運）に陥る。その間、静かに機をまたねばならぬ。

秀吉は天運を恐れず自らを過信した。信長死して十年。彼は空茫（くうぼう）にあるを知らず自儘に振舞った。

弟・秀長の死、長子鶴松の死。そして甥・関白秀次を、千利休を自害に追いやった。

彼は空茫にあっても自らを過信し、衰運の中に軽挙妄動した。彼は自ら不世出の英雄と自惚れ、信長を超えようとした。信長の遺志・天下布武を成し遂げるや、大陸遠征を企図し、この己を知らざる過信が身を滅ぼしたのだ。

——戦は、勝つ時より躓いた時大将の気性が出る。進むも退くも理性が大切。（二九〇頁）

某月某日

山岡荘八「徳川家康　第十五巻（難波の夢の巻）」

鶴松の死によって悄然たる秀吉は、無謀な外征によってその空虚を満たそうとする。その時、捨が生れた。捨は淀君と大野治長の不倫の子という噂をうんだ。

秀吉の外征は苦戦の連続、小西行長と宗義智のゴマすり報告で秀吉の判断は狂う。講和の議が破裂し、秀吉は再び外征の師を派遣する。然し、戦は利あらず。秀吉は終戦の機を得ず病死する。時に齢六十三歳、後事をすべて家康に賭けて。

一代の英雄・秀吉も、天下のためという大義を忘れて、豊臣家の永続を願った時、凡夫と化した。一家の利をはかり一族の破綻を招き、家康にその後事を託さざるを得なかった。

家康は家臣に恵まれ、秀忠という孝心あつき子に恵まれた。

何よりも家康は人の言を容れた。

自らの判断を決する前に、あらゆる人の言を容れた。

——思慮浅い主人のもとで、その浅さを利用して私心をとげようと考える。それが救いようのない愚かさなのだ。（四二頁）

——男はのう、惚れた男のために、利害を忘れて働くものだ。（一四二頁）

——哀れでございますなあ。確たる信仰のない人生は夢のまた夢。（三四五頁）

某月某日

山岡荘八「徳川家康　第十六巻（日蝕月蝕の巻）」

大閤が死に、政治は家康が、秀頼の養育は前田利家が当った。秀吉の側近は、石田三成派と加藤清正派に分裂し、北政所と淀君の対立となる。やがて利家が死に、天下の大勢は次第に家康に傾く。清正と三成の対立は激化し、家康の存在はますます大きくなる。

大義名分ということを、家康は重んじた。「日本国の統一と平和」。その一点に彼は政治の目的をおいた。信長がその雄図を空しくし、秀吉が完成した天下泰平は、征韓征明の暴挙で秀吉自らが累卵の危うきに瀕せしめた。家康は、忍耐と深謀をもってその天下を支えたのである。

三成は三成なりに秀吉その人に献身した。人に献身するか、思想に献身するか。家康と三成の相違であった。

それにしても、北政所と淀君の相剋。女の嫉妬。また文治派三成と武断派清正の派閥抗争。何れも今の世に、同じような姿を見る。

人間の業慾のみにくさ。

――すべてを活かす。これが今日からわしに課せられた大事な仕事なのじゃ。（二八頁）

――人が人を裁くなどというよりも、もっと大きな裁きが人の一生を待っている。（二一三頁）

某月某日

山岡荘八「徳川家康　第十七巻（軍荼利の巻）」

家康に対して不倶戴天の三成は、七将と対して伏見に逃れ、家康に助けられる。佐和山に三成を追った家康の天下取りが始まる。

会津藩上杉の上洛命令拒否をとがめて、家康は東征の陣を張る。その時、三成は毛利輝元を戴いて、遂に兵を挙げる。世にいう天下分け目の戦である。

家康は秀吉のはたし得なかった志、信長の遺志・天下統一と天下泰平を希望して、秀頼を立てながら、政治権力を掌握しようとした。

天の命ずる処、その命運を得たものが権力を得る。今は自分しかない――自らを任ずる。その自信を得るためには、それなりの努力が必要であろう。

三成は家康の志を見ず、それを野心とみた。三成は天下人の器量を欠き、天下よりも豊家しか見えなかった。

——家康は人事を尽して神仏に対している。敢て加護など願わぬ程になあ。(二一四五頁)

某月某日

山岡荘八「徳川家康 第十八巻(関ケ原の巻)」

会津攻めより一転して家康は西下した。清洲城主・福島正則はじめ諸将は先ず岐阜城を陥した。緒戦の勝利である。それは豊家の文治派三成と、武断派の諸将との闘いであった。関ケ原は小早川秀秋の裏切りにより、三成は敗北し、遂に捕われる。

三成は、人は利で動く者、権威で動く者と考えた。然し人は何よりも保身によって動いた。家康は神仏を尊び、学問を学び儒教によって礼を学んだ。信長や秀吉は手段を選ばず、ただ天下を手に入れることのみに熱中した。

家康は天下を如何に治めるか構想した。信長や秀吉に哲学も理想もなかった。あるのは権力慾であった。家康は平和的世界を実現し民百姓を安堵させんとする哲学と理想があった。

――歴史の流れの意志は、人間同士の不信や憎悪をかき立てることにはなくて、一時も早く盤石の安定を欲するにあった。(二五四頁)

某月某日

山岡荘八「徳川家康　第十九巻(泰平胎動の巻)」

天下分け目の戦に勝った家康は着々と天下泰平の方途を考え、秀忠は父家康を尊崇し、志を継ぐための努力をする。秀頼は、淀君始め多くの女にかこまれて怠惰な生活を送る。淀君は大野治長と情痴の日々にくれる頃、家康の孫、お千が秀頼に嫁ぐ。

家康は何とかして天下の平和を実現しようとした。信長・秀吉が統一した天下を治める方法を思慮した。頼朝の創設した幕府。天皇家から将軍職を預り、天下の武の総帥たらんとした。天下を預りものと考えた。士農工商の職階(階級ではない)を考えた。百姓の手打ちバクチを禁じ、商人の贅沢を禁じ、武将の築城を禁じた。

もはや、武によってではなく、道理と信仰によって天下を治めんとした。儒学と浄土宗をその基盤としたのだ。家康は豊家の安堵も深慮した。然し、淀君は一箇の私情で天下を弄び、滅びの途を辿る。

——大将は悲しい時に泣かぬもの、苦しい時に我慢するもの、美味しいものは部下に食べさすもの。（二〇八頁）

——政治に携わる士は、個人の楽しみを捨てねばならぬ。ご奉仕第一じゃ。（二五九頁）

某月某日

山岡荘八「徳川家康　第二十巻（江戸・大坂の巻）」

江戸に幕府を開いた家康は、秀吉の遺言を果たすため、秀忠を将軍とし、秀頼を右大臣として、一方を武家の総帥、一方を公家の総帥としようとした。淀君がこれを妨げる。

家康の深謀によって天下の大乱は治まった。しかしながら、戦国の中に育った武将の心は収まらない。家康は、戦いのない時代の基盤を、学問と宗教におき、将軍政治によって平和を招来せんとした。

秀吉の遺志を忠実に実現せんがため、秀忠を将軍とし、秀頼を右大臣に奏した。憐むべし、淀君の嫉妬心、豊家あって天下なき私心がこれを崩したのだ。

家康の忍耐、律義、度量、敬虔、天命に対する無私。

天命を知る家康は、秀吉の行年六十三歳に自ら達した時、その地位を秀忠に譲る。彼は泰平の日本を、世界との交易において築こうとした。

秀吉の遺言を守って、秀頼を公卿の総帥とし、秀忠を武家の総領とし、両家によって天下を統治せんとした。世の中の推移、歴史の意志と天の命を知らぬ淀君は、豊家の滅亡を自らの手で招いた。

——人の一生は重荷を負うて遠き道を行くがごとし、急ぐべからず、不自由を常と思えばさして不足なし。……勝つことばかり知りて負くることを知らざれば、害、その身に至る。（二十一頁）

某月某日

山岡荘八「徳川家康　第二十一巻（春雷・遠雷の巻）」

大久保長安は、野心を抱いて家康の庶子・忠輝、伊達政宗の両名と謀り、家康亡きあとの天下を狙う。

家康は所詮、長安の如き小人の次元を超えていた。長安の野望を見通し、七十歳の老齢を感じさせぬ強靱な意志、雄大な意図をもって死後の日本を構想する。

将軍職を秀忠に譲っても、家康の心は隠居しない。広く世界に目を開いて、四海悉くに日本を開こうとする。戦乱に明けくれた人々の目を、心を、些々たる国内から世界に転じようとするのだ。

彼は悠々として全ての人を包容し、自らの腹中に活かした。全て天命にしたがって己を厳しく律しながら。

天下泰平のため、国内の武を収め、交易によって国富を増大しようとした。儒学による人倫社会の根本義を樹て、自らは敬虔な浄土宗信者として世の人々に信仰心を広めた。

――よいかの、礼を正さっしゃい。外国のあなどりをうくるも尊敬を受くるも礼がもとじゃ。（七四頁）

某月某日

山岡荘八「徳川家康　第二十二巻（百雷落つるの巻）」

日本は世界史の流れに置かれ、ヨーロッパにおける新興国オランダ・イギリスは、先進国のポルトガル・スペインと、日本においてその雌雄を決せんとした。

その渦に日本は呑まれようとする。

家康は、その大いなる洞察力によって世界史の流れを達観し、日本を植民地化から救ったのである。


家康は戦国による民の苦しみをなくすため太平の世を実現しようとしたのだ。武を否定し平和の原理を樹てるために、儒学をもって道徳を民の心の中に植え、農に経済の基盤を置き、交易により富国の途を見出さんとした。

社会の秩序を確立すべく、士農工商の職階を設けて民衆のバランスを計った。

家康は雄渾な経世の思想を以って未来を見たのだ。


――事が起こった時にはとに角その始末をつける。始末をつけ得ぬようならば謹しんで職を辞し、事を起こした原因が自分の落度とハッキリした時には詫びようがある筈じゃ。……切腹とはその時のために用意された武人の責任のとり方だからの。（三〇二頁）

某月某日

山岡荘八「徳川家康　第二十三巻（蕭風城の巻）」

家康は何とかして戦を避けようとした。片桐且元を使って秀頼を大和に移封し、天下の浪人や旧教徒の巣窟になろうとする大坂城を自らの直轄下に置き、敵対する淀君、秀頼、千姫を救い怨によって太平の世を求めようとした。

家康には、民の声を聞きこの世に平和を願う宗教心、道義心と三河以来の忠実なる家臣団があった。

これに反して大坂方は、女の中に育って自主性を失った秀頼と、嫉妬と、情痴に狂った淀君と情夫・大野治長によって天下の求むるものを無視し、豊家一族のみの利己安泰を求めた。忠臣・片桐且元を追放し疑心暗鬼の中に崩壊への途を歩むのである。

歴史の向う所、道義の求める所、民の心の求める所にすべては流れてゆく。

事実を確かめず仮定の上に仮定を立てた場合、それは破滅を意味する。

人を安易に信ずる時、意外な面従腹背に会う。

勝負を決する時、己を信じ天を信じる他にない。自らの大理想を理解せず、一族一党のみの利害によって立つ豊臣一党に対して、家康は菩薩から夜叉となったのだ。

それらはすべて万世泰平を祈願し私情を滅したからである。

――男たちに意気地がないと、何時も泣かされるは女ども……女どもに何の罪があろうぞ。
（二四三頁）

某月某日
山岡荘八「徳川家康　第二十四巻（戦争と平和の巻）」
ついに徳川と豊臣の戦争は始まった。家康は二条城、秀忠は伏見にあり。二人は合して駒を大坂にすすめ、長期戦体制をとる。砦を築き、大砲を据え、トンネルを掘って豊臣軍を威嚇した。

戦国に生まれ、その戦いの真相が無辜（むこ）の民の生命を無惨に奪ってゆくことを、心底、痛感した家康は、この無間地獄（むけんじごく）にある人間の生命を、わけても女・子供の幸せを守ろうとして戦い、戦いそのものを絶滅しようとして心を砕いたのであった。
大坂冬の陣、そして夏の陣。その大いなる家康の理想を理解しえぬ人々（家康の堪忍・大義名分、神仏を崇う心、女・子供を救う情を理解せぬ徒輩）によって、悲劇は演ぜられたのだ。

——不義を行う者は必ず天罰を受ける！（一五三頁）

某月某日
山岡荘八「徳川家康　第二十五巻（孤城落月の巻）」
　家康は運が強かった。然しその運は自らの慎重、堪忍、何よりも深い浄土宗への信仰心から開けて行った。戦陣にあっても、林羅山を側近に置いて「論語」を学んだ敬虔な求学心。それが神仏の加護を呼んだのであろう。
　家康は公私を明確にし、潔癖であった。その家康の志を律義に継承したのは秀忠であり、反したのは忠輝であった。

　人間の社会の不思議な業（ごう）。同じ時代、同じ世界にすんでいてしかも、憎しみ合うことを避けられぬ悲劇。それを超克するものはただ王道——人間愛と徳義のみ。覇道を避け、ただ王道をのみ求めた家康のすさまじいばかりの執念。
　肉身の情にとらわれるも、とらわれざるも全て、王道、大義に立つ。民衆の平和の具現のために、情を超克して王道があり、神仏が在（いま）す。

――おのれが野心、おのれが欲望を超えたまことに、一心不乱の努力を積みかさねてゆかねばならぬ。わしの浄土作りの第一歩は、先ずもってこの世から戦を無くすこと。（三〇八頁）

某月某日
山岡荘八「徳川家康　第二十六巻（立命往生の巻）」

天下泰平。そのために一切を抛った家康の一生。そして天下一切のもの、生きとし生けるもの、また生命なきもののさえも含めて、なべて諸神諸仏のものなのだ。それを統べる立場に立ったものは、総てを天から預った「預りもの」と観ずる謙虚さがなくてはならぬ。

戦国の武将は実によく泣いた。信長も、秀吉も、家康も、そして信玄も政宗も。人生意気に感ず。その人生は天命を知る事によって尊く、天命に根源を置く王道により全きものであった。

実にすばらしい感動の書であった。山岡荘八の「徳川家康」は、トルストイの「戦争と平和」を超える、日本の歴史文学史上、比類のない大河小説である。哲学と、思想と、史観と、何よりもあるべき人間観を教える。

家康は巨大な世界観を抱いていた。平和こそが万民の願いであり、その平和をもたらすために何をなすべきかを求め、道徳と秩序と信仰心を平和の礎としたのだ。一面、彼は理想のためとはいえ一殺多生（いっさつたしょう）の生涯を自らに許さなかった。

秀頼の死を反省し、吾が子・忠輝を永対面禁止（えいたいめんきんし）とした。大義、親（しん）を滅す。

家康は日本史に稀にみる巨大な人であった。死の瞬間まで彼はその世界観、人生観を貫き七十五歳の生涯をひたすら天命に従い、恭しく天に帰していったのである。

――この世で……この世で一番懐しいお方であった。政宗はそのお方に会えた。……会いがたい同じ時代の世に生まれ合わせた、いちばんなつかしいご仁に……又会えたわ。（三〇〇頁）

一〇 「共同体の提唱」

難波田春夫「共同体の提唱」

終戦直後、焼け野原となった東京の郊外の御宅に先生を訪ねた。誰も彼もが日常の糧の事で頭が一杯の時、先生は猛然としてヘーゲルを始め、近代哲学の再検討をされていた。身内でさえも持参の米なしには宿泊をうとまれた頃、同じ蚊帳の中に泊めていただいて、朝方まで日本の将来を話し明かされた先生の温いお人柄を忘れ得ない。

誰もが西欧民主主義万能にうつつを抜かしていた時、早くも先生は西欧民主主義の没落と近代の終焉を説かれ、その真因は近代社会を貫いている「自同律」（じどうりつ）であると喝破された。

昭和三十年代後半から日本が高度成長時代に入って殆どあらゆる人々が日本経済の奇蹟の繁栄を謳歌していた頃、先生はその破綻の心至を警告、これを救うべき根本の道は相互律（そうごりつ）であることを啓示されてやまなかった。

今、日本の経済は異常な段階にあり、その将来に対して殆ど大部分の人が確乎たる見通しを見失って途方にくれている。

先生はいわれる。――いろんな機会に経営者諸君と会って、その都度感じることは、彼らが哲学思想をもたず、歴史の流れを知らないということである。――世の中はめちゃくちゃな混乱状態に陥っているだけであるとし、一定の方向の流れがあるなどとは全然考えていないようである――今日の経済危機は、景気波動における一段階としての不況でもなければ、いわゆる長期波動の下降段階としての深刻な不況でもない。いや資本主義という一つの体制の転換を意味する危機ですらない。

近代という一つの時代の終りをつげる危機であると考える。（はしがきより）

この近代の終焉をいかに克服すべきか。

「共同体」の再構築しかそれを救う途はない――というのが先生の永年の――実に四十年に亘る全学究生活をかけられた提唱である。

特に現下、数多くの企業が直面する重大な二つの課題は、年々企業経営の実体と無関係に上昇する「賃上げ」と、高度成長の必要悪であった「借金経営」にあるとし、その解決のための具体的方途を大胆かつ率直に提示されている。

多くの批判や問題提起があっても、答のない現在の日本経済論が不毛の論争をつづけている時、日本を救い、企業を救う真の方途は、この途しかない。

毀誉褒貶にとらわれず世の迷妄をひらき、未来に灯を点ずる者を「師」とよぶならば、先生こそ「師」とよぶに最もふさわしきお方であろう。

一二　「河合栄治郎全集」その二

昭和十五年十二月二十五日、神戸の元町にあった増池書店で、河合栄治郎「学生に与う」を求めた。すでに支那事変は四年におよび、世相は暗かった。当時、中学生だった私はこの一書によって河合栄治郎の名を知り、稀有（けう）の思想家の理想主義的人格主義にとりつかれたのである。

戦後、日本評論社や角川文庫が、再び河合栄治郎をとりあげたが、社会思想社が、先生の生涯にわたる著作を全集として出版するにおよび、その全思想体系が明らかになった。

その膨大な著作は、すべて先生が理想主義的人格主義と名づけた思想によって一貫されており、第一巻の「トーマス・ビル・グリーンの思想体系」から第二十三巻の「日記」にいたるまで、水ももらさぬ見事な体系である。

全二十三巻の中では「社会政策原理」「自由主義の歴史と理論」「ファシズム批判」「マルキシズムとは何か」「社会思想と理想主義」「私の社会主義」「国民に愬（うった）う」が先生の思想を凝結しているが、圧巻は「日記」、そして愛弟子木村健康氏による「裁判記録」、別巻の江上照彦氏「河合栄治郎伝」である。

学問とは限りある時間と肉体の限度をかけての闘いであり、死に至るまでそこに終末はなく停戦はない。

理想を実現するには、社会的に権力を必要とする。それを得ようとする時、理想主義者もまた、現世の生々しい闘いの中に投ぜられる。理想主義とエゴイズムとの壮烈なる闘いは、人間の美しさと醜さの万華鏡である。

孤独な河合栄治郎の生と死は、その思想によって後世に永く伝承されるであろう。

その著作の中に次の一節がある。「自らの一生を顧みて、理想主義的人格主義の思想体系によっていささかの矛盾を覚えなかった」と。

一二　「二つの祖国」

山崎豊子さんの「二つの祖国」は、戦後の日本を根源的に考え直すために、比類のない問題を日本人に提起している。今日こそ、日・米は兄弟の契りを結ぶ関係にあるが、僅か半世紀前、その存亡をかけて死闘したのだ。そしてその頃、日系二世として二つの祖国をもった多くの人々が、「国を愛するとは何か」ということを問いつめ、自らの行動でそれを示し、自らの生命を抛って二つの祖国への忠誠のあかしをたてた。一つの祖国が、今一つの祖国と勝者、敗者に分れた時、主人公は自らの生命を絶った。巻を終って、読む人の胸の中に熱い涙と、戦争の空しさを呼ぶ不朽の名作。

文中に、新憲法施行以来、連合国のジャーナリストが、陛下への取材、ことに陛下のご日常を報道したいと申し入れ、マッカーサー元帥は使いを出して陛下のプライバシーに関することゆえ、そのお心を問うた。陛下は如何なるジャーナリズムにも接したくないと拒否され、それが守られたとある。

日本国の憲法が、民主主義をその基本理念としていることから、民主主義については誰しも分かっているつもりであるが、曲解も多く、その最たるものが「言論の自由」によるプライバシーの侵害である。

民主主義はいうまでもなく、故河合栄治郎博士のいわれるごとく人間の生命と人格の尊厳を絶対価値とし、そのために人権を尊重する。あくまでその最高の目的は生命と人格の尊厳の護持であり、これを毀傷するものは、人権と称して現憲法に多く述べられている国民の権利といえども制限されるのは当然である。

自由は、人間の生命と人格の尊厳を護持するために、初めてその価値を生ずるのであって、自由それ自体は何らの本質的な価値はなく、単なる手段としての効用的意味しかない。

言論の自由もまた然りである。かつて小泉信三先生は、その友人の名誉を毀損した新聞を相手として「人の名誉を毀損する切捨て御免を厳しく戒む。それが誤報であれば、訂正記事による謝罪をすべし」（今村武雄・小泉信三伝）と、プライバシー保護の主張をされた。言論の自由の為にそれゆえにこそ人権、その基本であるプライバシーの絶対的な尊重をするようジャーナリズムの猛省を促す。

——アメリカ市民としての義務を尽すかという質問に対してはイエス、天皇が組織する軍隊と戦うかには、ノウです。（上—二〇七頁）

——米軍機の投下したたった一個の原子爆弾が、四十万人の人間が生きている都市を破壊し、二十万人の生命を奪い、二ヶ月経た今も原子爆弾投下の影響で人々が死んで行っている。この世のものとは思えぬ殺戮—言語に絶する非道がこの広島で行われたのだ。（中—一二七頁）

——一体正義とは何だろうか、戦争に勝った者と、負けた者との間には、いかなる正義が存在するのだろう—戦争の愚かさと悲惨さ、非人道性を、これから開かれる東京裁判を通して、ほんとうに世界に知らしめることが出来るのであろうか。（中—一七一頁）

——張鼓峰、ノモンハン事件は、いずれも『協定済』の事件であり、日本にソ連侵略の意図はなかった、逆にソ連は日ソ中立条約を結んでいながら一九四五年二月に、ソ連のクリミア半島のヤルタで米英両国と対日参戦を約定し、八月、無通告に突如として満州に侵攻した。これこそが明らかな中立条約違反、侵略ではないか。（下—五二頁）

——アメリカ合衆国の正義の名において、公正であらねばならぬ東京裁判の判決に、国際法に悖る点があり、後世の指弾を受けるような結果になるであろうことが残念だ。（下—二

九二頁）

一三　「風景との対話」

東山魁夷「風景との対話」

画家にしろ、作曲家にしろ、その作品について自ら語る場合はきわめて少ないが、幸い、東山魁夷先生は、その素晴らしい作品とともに流麗きわまりない随筆を認（したた）めて居られ、作品を鑑賞する者にとって、この上ない指針をあたえてくださっている。

私が東山魁夷先生の名を知り、その作品に魅せられるようになって久しい。特に先生が北欧の旅に出られ、ピカソの「青の時代」ともいうべき、「群青（ぐんじょう）と群緑」の時代を画された一連の作品は、神品ともいうべき完成された美しさ、神秘的な幽玄さを湛（たた）えている。

東山先生の「青の時代」ともいうべき中で、私が殆ど魂を奪われたといってよい程の感動を覚えた作品は、「スオミ」そして「白夜光（びゃくやこう）」である。

先生の解説を聞こう。――すばらしい眺めである。樅（もみ）の小山を前景に、湖の上に湖があり島の上に島が重なって、それをとりまく樅の森が果しもなく続いて空に接している。フィンランドには雲にとどく山はない。湖と森の重なりが雲にとどくといわれている。それはこのような眺めをいうのであろう。六万の湖と国土の大半を蔽（おお）う森。フィンランドの人はその国をスオミ（湖の国）と呼んでいる。

――日展に出展した「白夜光」は針葉樹の密生する大森林が、二つの湖を平行線で截（き）る構図といい、黒に近い青い森と、銀を燻（いぶ）したような空と水の色、まぎれもなく北欧そのものの風景であった。北欧展の時に「スオミ」と題して描いた風景とよく似た構想である。私はもう北欧的なものから、かなり遠ざかってきた時でもあり……しかしなお、この作を大作として描いたのは、私としても、これで私の気持の上にはっきりと終止符を打ちたかったのである。……北欧展の時は青い色がもっと鮮明であったが、こんどのは渋さが加わっている。墨絵のような感じである。その点、この絵は北の旅の終りであると共にまた、いよいよ次の旅のはじまりを意味しているのではないだろうか。――「風景との対話」より

先生の半世紀を越える画歴は、いく度かその画風の転換がある様に思えるが、終始一貫、

風景画家として徹せられ、先生の言葉によると、「風景が自分に語りかける」といわれている。

先生の人生は、先生ご自身がしばしば書いて居られる様に、決して平穏無事なものでなく、挫折と苦難の波瀾（はらん）に揺り動かされるものであった。にもかかわらず、先生の玉の如き温厚さ、謙虚さ、誠実さ、そして何よりも、とぎすまされた純粋さ。先生に接する時、何時しか、自らの雑念が清められ透徹した心になってゆく自分に気がつく。

先生の心は自然の本質にある絶対なるもの、神の心を写され、先生の澄んだ瞳（ひとみ）は、先生の心と自然の心を結ばれる窓であられる。

私は、先生の「青の時代」が一番好きであり、「スオミ」と「白夜光」にしびれている。

忘れ得ぬ人々

一　小泉信三先生

――巨大なる人格にうたれて――

昭和二十三年、三月二十八日。ついに卒業の日は来た。制服に身を固めた旧友が久しぶりに続々と丘の上に向かう。

十二時、鐘が三田山上になりひびき、式の開始をつげた。千数百の卒業生は、晴れの今日を、どの様な感懐を抱いて迎えようとするのであろうか。

すでに早く戦場に散華（さんげ）して、悲しくも今日の式典に列せざる幾百の級友を思い、また苦闘悲惨の運命に行き迷う自己の現実を想うとき、それはただ一片の歓喜ではないのだ。踉踉（そうろう）として痛心し、そしてしかもなお、生きぬいてゆこうとする悲壮なる決意が、この限りなき喜びの日を重い空気で包む。

ビールの乾盃、記念撮影が終わって、級友数名を誘って小泉信三先生のお宅を訪ねる。私達の入学を迎え、私達の出陣を送って戴いた前塾長にまず卒業の報告をしなければ気がすまない。

折柄、先生は庭の芝生に長身のお体を横にされて、部厚い洋書を繙（ひもと）いておられたが、非常に喜ばれて、私達を迎えて下さった。

先生は、多難な学生生活を終えた私達を犒（ねぎら）われ、二つのことを君達にはなむけに云おう、と次のことを話された。
一、卒業しても、絶えず読書をつづけ給え。
二、オネスト・ダラー（ＨＯＮＥＳＴ　ＤＯＬＬＡＲ）のために働き給え。
いつお目にかかっても、常に巨大なる先生のご人格に打たれる。（当日の私の日記による）

想えば、小泉信三先生にお会いでき、その偉大なる存在に接したのは、昭和十七年、四月五日、慶応義塾大学予科の入学式であった。

先生の式辞は著書「学生に与う」で先生がのべておられる内容であったが、特に「真珠の価値は空しく、されど水をくぐる人の労苦によって貴し」というお言葉が心に刻まれた。しかしその式辞よりも、堂々たる体軀、朗々たる声量、端麗なる風貌（ふうぼう）に、私は圧倒され、魅了された。

——今日から、この巨大な先生の率いる塾生となるのだ。いい知れぬ感動と、底知れぬ学問への情熱の灯が胸中に燃え上がるのを覚えるのであった。

幸い私は日吉台上にある自治寮に入寮が許され、寮において、小泉塾長と夕食を共にし、食後、先生のつきるともなき豊かな、幅広い、そして奥の深い座談に加わる機会をいくたびか得た。

人生のあらゆる問題に及んで、慈父の如く寮生の一人一人に話しかけられた先生の、あの温かくも柔らかなまなざしを忘れることはできない。ある時先生は「人生にはアウスシュトライヘン（AUSSTREICHEN――削る）ということが大切です」といわれ、遠い所を見る様な目をして、このドイツ語を二、三度くりかえされた。

先生の最愛のご長男、信吉海軍主計大尉が亡くなられた頃、寮にこられた時も、先生は平常と全く変わられず、私達は後日、それを知らされたのであった。（小泉信三『海軍主計大尉・小泉信吉』）

昭和二十年九月。私は軍隊から復員した。その年の暮、上京した私は、真っ先に三田綱町（現・三田二丁目）の仮住居に先生を訪れた。面会謝絶というお取り次ぎの人に「寮にいた伊藤淳二が帰ってまいりましたとお伝え下さい」というと、暫くして先生がお会いしたいといわれているとのことで、二階の寝室に案内された。

戸をノックし、中に入って私は息をのんだ。

先生は目と鼻と口だけを残して、顔面はもちろん、全身、戦災による火傷のため包帯にくるまれておられたのだ。

「先生……」といって思わず絶句した私を、先生はじっとみつめられ「ご苦労でした」と一言いわれ、目を閉じられた。見ると、先生の目じりから涙が流れている。

この涙こそ、先生が送られ、そして二度と還らなかった多くの塾生に対する千万無量の想いをこめた、痛恨の涙であられたのであろう。

お見舞の時間が過ぎようとする頃、先生は「伊藤君。この戦いは、戦争に負けたのではない。残念ながら、アメリカの民主主義に負けたのだ。もう一度、民主主義を、自由主義を徹底的に研究し、学び直そう」といわれてご不自由な手を差し出されたのである。

二　難波田春夫先生
——すべての師——

昭和十八年八月、学徒応召が決まった。夏休みの終わるころであった。十二月一日の入営までわずかに三カ月。上京して登校するや、適齢で応召するものと、残るものといずれも不安と動揺で学業は手につかなかった。自分の人生と祖国の運命と、戦いということにおいて交錯した私たちにとって、応召することは学問の断絶であり、再び生還することは、当時の戦況日々にわれわれに非なるとき、期しがたいことであった。

慶応義塾予科にあった経済学会の総務（今の委員長）をしていた私は、委員に諮（はか）って再びくることのない学生生活の最後の三カ月をなんとか思い残すことのないように送ることを考えた。

学外の人々の中から委員たちによって選ばれた特別講師による特別講座を開くことにした。難波田春夫先生は、和辻哲郎、河合栄治郎、高村光太郎氏らとともに学生たちが今生（こんじょう）の思い出に一度その全人格、全思想にふれたいと思われていた一人であった。

私が先生を中野区鷺宮のお宅に初めて伺ったのはすでに十月を過ぎていた。

多くの学生は学問どころではなかったが、それでも百人を越える学生が先生の「国家と経済」と題する二時間に及ぶ講義を聞いた。その頃先生の「国家と経済」全五巻は、自由主義経済学とマルクス経済学とを止揚（しよう）せんとする野心的な労作で、その愛国主義、民族主義的な情熱は文字通り洛陽の紙価を高からしめていた。

私はしかし、先生の学問より以上に、それ以来、先生の全人格的魅力のとりことなった。応召するまで私は時間をみては先生のお宅を訪れた。

入隊の日、私の肌にまいた日の丸に先生がかかれた短い一句は——心して　風吹け征くは若桜、というものであった。


二度とその日のくることを考えなかった復員の日が来た。私は再び先生を訪れた。あの食糧の乏しい時、しかもすでに教職追放をされた先生のお宅に、先生とまくらを並べて寝させて頂いた日も幾日かあった。

先生は平然として「僕は断固として節操を守るよ」といわれた。私の進学論文をみて、「僕の跡を継いでくれたまえ」といわれたのもそのころである。

爾来二十余年の歳月がすぎている。ときおりお目にかかる先生は必ず「君、このごろあまり本を読んでいないね。勉強が足りんね」といわれる。そしてお別れしたあと必ずといってよいほど「先日は楽しかった。君のすさまじい仕事への打ち込み方をみて僕は恥ずかしい。うんと勉強します」というお手紙がくる。

難波田春夫先生。私のすべての師である。

三　和辻哲郎博士と詩人・高村光太郎氏
――実像と虚像――

昭和十八年十月、学徒応召をひかえて、学生の希望により、入営前の特別講師として選ばれた中に、和辻哲郎博士と詩人・高村光太郎氏があった。

「倫理学」「日本精神史研究」「風土」などすぐれた著作で一世をふうびした和辻哲郎先生を練馬に訪ねたのは、すでに秋も深かった。

かやぶき屋根の、農家風の家の土間に通されしばらくまっていると、やがて和服を着た先生があらわれた。

応召する学生に、何かお話をしていただきたいと切り出した私を、先生はしばらくみつめて居られた。

ふかい沈黙ののち、

——この戦争の将来は暗い。そこに赴くきみたち若い人を想うと、私は話せない。

と悲しげにつぶやかれた。

暗い土間の中で、また沈黙の時が流れた。

——それでは、せめてなにか携行すべき本をお教え下さい。

と口を開いた私に、目をつぶってしばし考えた先生は、

——「葉隠」(はがくれ)(岩波文庫)をすすめます、

とこたえられた。

あの時の先生の淋しげな、悲しげな姿が、いまも思い出の中から消えない。

同じころ、高村光太郎氏をたずねた。

彫刻家であり、「智恵子抄」「道程」などの名作による著名な詩人でもある氏は、「紀元二千六百年」「護国神社」「必死の時」「全学徒起つ」など熱烈な愛国詩人でもあった。

瀟洒（しょうしゃ）な洋風のお宅の玄関に、

——ご用の方はこのヒモをお引き下さい
とかいてある。

私がそのヒモを引っぱると、奥で鈴のなる音がした。

しばらく待っていると、戸口の上にある、覗き窓が開かれた。写真でみなれた高村光太郎氏の顔がみえる。

——応召前に是非とも先生のお話をおうかがいしたいのです。

用件を説明しようとし始めたその途端、のぞき窓の扉は。パタンと音をたてて閉じられた。

待てど、くらせど、ついにその扉は開かれなかった。


あの時の砂をかんだような、口にいいあらわせない程のにがい思い、冷い風が胸の中をふきぬけて行った時のことを、時々想い出す。

私の机上にはそれでも、今もなお、「高村光太郎全詩集」（筑摩書房）が、「三好達治全詩集」（筑摩書房）とともに置かれている。

四　河合栄治郎先生
——ついに相見えることのなかった師——

今年（昭和四十五年）の春、私の長男が高等学校に入った。笈（きゅう）を負って上京する息子の荷物の中に古びた一冊の本を入れた。

河合栄治郎先生の『学生に与う』（昭和十五年六月刊・日本評論社版）であった。その扉に私は次の様に書いた。

愛息へ。河合栄治郎先生は私の学生生活の灯を点じた。その強烈なる理想、人格形成への火の様な精進・努力。自分の欲望と怠惰との戦い。その戦いに勝つことなしに幸福は自らの手に握られない。　父。

そしてこの一冊の書の裏表紙に「昭和十五年十二月二十五日、神戸・元町にて」という記がある。想えば、私は河合栄治郎という名を知り、その人の思想に初めて接し得たのはこの一冊の書であった。

三十年の昔になる。私は十八歳、中学の五年であった。

『学生に与う』三九六頁の、そのすべての活字の中に先生の熱烈なる理想主義的人格主義の思想が語られ、そのすべての活字は、あの異常な国情の中に、異常な圧力と闘いながら、しかも日本を憂い、日本を救うために、ただひたすらに学生にその未来を託されようとする情熱が語りつくされていた。

私は、河合栄治郎という人によって全身をゆさぶられ、魂の底までふるえる様な感動を覚えた。

あらゆる書店、古本屋を探しまわって、河合栄治郎という名のついた書物を求めた。然し、その多くは絶版であった。

昭和十八年九月、私たち学生に動員令が下った。私は当時慶応義塾大学の予科生であった。予科経済学会の責任者であった私は、仲間の者と語り合い、恐らくは、再び戻ることのないであろう学生生活の最後の想い出に、各方面にすぐれた幾人かの人々を招いて、その講義を聴くことにした。

河合栄治郎という名は、今生（こんじょう）の想い出に接したい人としてほとんど圧倒的に多くの人々によって、期待された。

然し、ついにこの希望は叶えられなかった。

先生はその頃、当局の激しい弾圧の下に、公判中の人となり、その思想的な闘争を通して死力を尽されていた。公判そのものが、先生の全思想と全人格の壮烈なる闘いであった。


先生の死を知ったのは昭和十九年二月十六日、信州松本の部隊の暗い兵舎の中であった。新聞の片隅に小さく報ぜられた河合栄治郎先生の死。

私の目の前を巨大な彗星が流れ去った。再びこの巨大な彗星にめぐり合うことはないのだ。限りない痛恨。それはこの日本の暗澹たる運命を導き、切り開き、そしていつか来るであろう戦争の終末のとき、一条の光をその未来に点ずるであろう巨大な星、河合栄治郎先生に、ついに相まみえる機会を失ったことへの痛恨ででもあった。


昭和二十年八月十五日、日本は敗れた。そして虚脱の日がつづいた。九月中旬、復員して再び復学をする日が来た。

私は三田の山に上った。満員の講堂の扉の前には、アメリカ兵がヘルメットをかぶり、銃剣を手にして物々しく立っていた。

やがて講義が始まろうとしたとき、高名の教授が入って来た。つい二年前、羽織袴に身をかため、祖国への愛を熱烈に語った教授は、瀟洒な背広を身に着けていた。その後、教授を自宅におたずねしたとき、片手にマドロスパイプすらもって、アメリカの民主主義を熱烈に語ったのである。

塾祖、福沢先生の想いと、遥かに遠い世界がそこにあった。

目のくらむ様な失望を覚えた私は、爾来、一日も大学には行かなかった。私は戦後の激動に身を投じ、生活の糧を得るために働きつづけた。

昭和二十三年三月、単一論文を提出して卒業資格を得るまで約二年半、朝早くから夕、星を仰いで下宿に帰るまでのアルバイトを除いて、私はほとんど夜を徹して、あらゆる本を読みつづけた。

その時、再び、私の読書の中心になったものは、河合栄治郎先生のものであった。私の人生観、そして世界観の基礎は、この期間にゆるぎないものとなった。

昭和二十三年四月、私は鐘紡に入社した。

その頃、日本評論社から「河合栄治郎選集」が出版され、やがて角川文庫が河合栄治郎先生の著作をとりあげ、社会思想研究会出版部が「河合栄治郎全集」を「現代教養文庫」でとりあげ始めた。

私は、文字通りむさぼる様に先生の書を読みつづけた。


昭和四十三年六月、私は鐘紡の社長に就任した。入社して二十年間、社会の激しい変容に伴って、会社もまた激しい変容がつづいた。その中に生きるサラリーマンの生き方もまた、激しい変容がつづいた。

ただ一個人の利己的な幸福をのみ求めて生きることは、サラリーマンにとって容易な生き方であろう。然し、激動する社会の変容の中にあって、浮沈する会社の、間断のない危局を自らのものとしてとらえ、これと対決してゆくことは、尋常一様の生き方ではなしとげられない。


河合栄治郎先生は、その著作の中に、「自らの一生を顧みて、理想主義的人格主義の思想体系によっていささかの矛盾を覚えなかった」と書かれている。

私もまた、混乱・混迷の終戦後、社会人となって以来二十年、先生の理想主義的人格主義によって鍛えられた人生観・世界観によってまさに不動の信念を得、いささかのゆるぎもなき人生を生きぬくことが出来た。そして、今後も、この理想主義的人格主義によって、ゆるぎなき人生観・世界観に立った不動の信念を抱いて生きつづけるであろう。

河合栄治郎先生は理想主義的人格主義に向って必死の求道をなしながら現世のあらゆる矛盾と闘い、人間の葛藤（かっとう）の中に身を処して生きられた。

思えば私の幸せの一つは、私の生涯において、数多くのすぐれた、そして偉大な東西・古今の先人の書に接し得ることが出来たことである。ついに生前その人に接することを得なかった痛恨の深さは、その残された著作に対する限りない敬慕と敬愛の深さに通じる。それは一切を捨象（しゃしょう）して、その人の思想の真髄に膚接し得るからであろう。

久しく待望していた「河合栄治郎全集」が社会思想社から、出版されることになったことを、日頃敬愛している先達の人、土屋清氏から知らされた。私は直ちに三部求めることにした、一つは私のために。そしてあとの二つは私の二人の息子のために。

この全集を通して私ははじめて理想主義的人格主義者河合栄治郎先生の全貌に接することが出来る。

私はかつてプラトンを通してソクラテスを、論語を通して孔子を、ふかく知ることが出来、その教えに傾倒し、生活の信条とした。同じ様に、私は、私の生涯にわたって、これからも、「河合栄治郎全集」をくりかえし、くりかえし読みつづけ、その思想の下に生きつづけるであろう。

五　石田退三会長

――ヘルメットをかぶったトヨタ精神――

私が社長に就任した翌年、昭和四十四年の三月四日、トヨタ自動車会長、豊田紡織の社長であった石田さんが権田専務を帯同されて大阪の鐘紡本部を訪ねてこられた。

大長老の御来訪に恐縮しきっている私はじめ関係者に、

「私は今はカジ屋だが、昔、綿糸問屋の服部商店の小僧だった。その頃、この淀川工場にやって来て、津田信吾さんに会ったことがある。往時を想うとなつかしさにたえない。

今こそ自動車の仕事も一人前になったが、私は、紡績の合理化の歴史から沢山のものを学んだ。紡績こそ日本経済の今日をなした大功労者です」

としみじみ話された。そして一度是非トヨタの工場を見にいらっしゃいとお誘いがあり、その年の七月に、元町工場を訪ねたのであった。

私が心を打たれたのは、その日、先ず、豊田紡織の工場に案内され、「伊藤さん、ここがトヨタの本家です」と、先代豊田佐吉翁に対する敬崇の念を披瀝されたことであった。その上、元町工場のあの広い構内を、石田さんはヘルメットをかぶり、先頭にたってくまなく案内をして下さり、その間しばしば、「私は今もカジ屋だで」と名古屋訛を交え、謙遜されながら説明をしていただいたお姿が目にやきついている。

石田さんは豊田織機の社長であり、豊田英二さんが副社長であった。そしてトヨタ自動車は石田さんが会長で豊田さんが社長であった。石田さんの豊田さんや権田専務に対する慈父の様な、やさしい中にも厳しいお姿に心を打たれたが、豊田さんや権田さんが、石田さんに親のように接する姿の美しさにも頭が下った。

その後は、毎年、年の始めは必ず鐘紡の本部を訪ねてこられ「こうしておたくに伺わないと年があらたまらない」といって下さり、来られると一時間も二時間も話しこまれ、権田さんに促されて、やっと腰を上げられることがしばしばであった。

ある年、大阪・今橋の料亭、つる家にお招きをいただいた時、

「私もこうしておかげで元気に働いているが、一度まいったことがある。それはソ連を視察した時、案内の人が年をきくので八十をすぎていると答えたら、『日本の老人は気の毒だ。そんな年まで働かねばならぬのか』といわれた」

と声を上げて笑われた。

今日の大トヨタの基礎をつくられた石田さん。その全身がトヨタ精神の権化のようであった。

六　篠島秀雄会長
――雨の中に消えた後ろ姿――

紡績会社として、永年経営された鐘紡が、合繊事業化を決定したのは昭和三十五年であり、初めてナイロンを企業化したのが昭和三十八年、したがってまだ十年そこそこの年月しか経ていない。

ナイロン企業化の決定をみたのは、その頃、鐘紡がナイロンの研究をしていることを三菱化成が知るところとなり、石油化学事業への一大展開をはかる一助として、ラクタム製造のユーザーを探しており、鐘紡に白羽の矢をたてられたからであった。当時社長は柴田周吉氏であられたが、その懐ろ刀として篠島さんの令名は高く、ナイロン企業化の推進責任者であった私は、その頃から存じあげていた。しかし本当に昵懇（じっこん）にしていただいたのは篠島さんが社長になられ、さらに私が昭和四十三年社長になってからであった。

これより前、ナイロンについて、当時日本レイヨンに原料を提供していた三菱化成より、熱心にすすめられ、ポリエステルステープルの事業を、日本レイヨン、ニチボーとともに当社も加担して行うこととなり、日本エステルが設立された。

このとき、当時篠島社長の命をうけた副社長長谷川隆太郎氏が熱烈にこのプロジェクトを推進され、鐘紡はナイロンについでポリエステル事業も、三菱化成の力によってその経営の中に入れることが出来たのである。

昭和四十五年の五月二十日、夜九時半のことである。私は大阪のある小さな料亭で篠島さんと向い合っていた。外は霧雨がふっていた。

社長に就任して二年目の私は、当社合繊事業部門にアクリル事業を加えることによって、その最後の仕上げをしようという社内あげての熱願を胸中に抱き、三菱化成の全面的協力を要請するため出張中の篠島さんをムリにつかまえたのであった。

出された遅がけの食膳に箸（はし）もつけず、それから約一時間、私はアクリルに対する会社の計画を詳細に説明し、その原料面の協力のほか、アクリル経営全般にわたる全面的な支援を言葉をつくして依頼したのである。

もし篠島さんが「ノー」といったら、鐘紡のアクリル事業は挫折する。

かつて三菱化成の助言で東邦レーヨンの合併問題があり、アクリル事業を手がけるチャンスをつかみながら不調に終った。その後も、当社と帝人、日本レイヨンの三社提携で幾度かテーマに絞られながら遂に陽の目をみなかったアクリル事業。

篠島さんのいく分青白い顔色は、その夜は、連日の激務のためか、よけい、青さをましておられるように思えた。

冷徹な、学者の様な篠島さんの目が、メガネの奥で、幾度かキラキラと光った。

何遍もうなずいて聞いておられた篠島さんは、私の長い説明を終るのを待って暫く沈黙された。暫くの時間が何と長い時間に思えたことであろう。

用意した資料から目を外されると篠島さんはゆっくりといわれた。

――伊藤さん、やりましょう。ウチとオタクとはこれで三大合織を通じて一心同体となるわけですね。あとは長谷川君に全て相談して下さい――

私は思わず胸の中が燃え、篠島さんの手を固く握りしめた。

――篠島さん、やりましょう、オタクとウチとは合織について一蓮托生となりました――

握り返された篠島さんの手が何と温かく、そして力づよかったことであろうか――。

鐘紡の合織部門は三大合織を合わせやがて日産三〇〇トンという偉容を誇ることになる。

私の瞼（まぶた）のうちに今も、あの夜、十一時、玄関までお見送りし、これから近江地方にゆくと雨の中に消えていかれた篠島さんの後ろ姿が、生きているのである。

この合織事業が洋々たる未来に発展していくとき、鐘紡の合織事業の歴史とともに篠島さんは生きつづけていかれるであろう。

そして鐘紡人の感謝の心をいつまでもうけつづけていかれるであろう。

七　土屋清先生

――度の強い眼鏡・大きな声・明快――

私にとって、土屋清さんは、やはり先生というにふさわしい方であった。初めて先生にお会いしたのは、昭和二十七年頃である。

私は中学生の頃、河合栄治郎先生の書に接し、河合先生の理想主義的人格主義にひかれるようになった。ちょうど学徒応召で松本の部隊にいた時、河合先生が亡くなられたことを知った。昭和十九年であった。無念の想いにくれた事を思い出す。

戦後になっても、河合先生の著作を読みふけった。鐘紡に入社して社会人になっても、私の思想的な大きな基盤に、河合先生の築かれた理想主義的人格主義がしっかりと根をおろしていた。

残念でならないことは、先生についに生前お目にかかる機会を得なかった事である。

土屋先生が河合先生の高弟のお一人であり、その将来を嘱望されながらも、学者への途を選ばれず、ジャーナリストになっておられたことは、戦前、洛陽の紙価を高からしめた、日本評論社版の「学生叢書」で知ってはいた。

鐘紡長野工場で、従業員教養講座の講師選任をまかされた私は、そのお一人に土屋先生をあげた。

当時、朝日新聞が、「明日の日本」シリーズを出版して好評であり、わけても、「明日の経済」と題する土屋先生の著書は、戦後の混迷を漸く抜け出そうとする時代、独得の明快にして説得力のある論旨が展開され、私は大きな感銘と示唆を得た。

今にして思えば、先生の日本の将来に対する見通しは極めて悲観的で、日本の貿易の輸出入バランスはせいぜいそれぞれ二十億ドル（!!）であろうというものであった。

経済学は、カーライルがディスマルサイエンス（憂うつな科学）といったが、それにしても、こん日、それぞれ千億ドルを超える姿を見る時、余りにも悲観的であった。

東京の上野を夜行で出て、長野駅に朝五時頃につく、という打ち合わせを先生と行い、当日、私は大分、余裕をみて出迎えに行った。

やがて列車が到着し、改札口にゾロゾロと人の群れがつづいた。

先生には面識はなかった。見当をつけてその人らしい姿を探し求めるが、とうとう最後まであらわれなかった。

——乗り遅れられたのかな、と思い、暫く思案をした後、フト、線路の向こうのホームのベンチをみると、ソフトを目深にかぶった紳士が座っている。

もしや、と思い陸橋を息をきってかけ上り、ベンチの紳士に声をかけた。

——土屋先生でいらっしゃいますか。

すると紳士は、度の強い眼鏡の奥から鋭い眼光で私を見据えるようにして、

——何んですか、失礼な。出迎えに遅れるなんて……

と大声を上げた。

何とあやまったか覚えていない。とも角、長野でも有名な旅館、記念館に案内して落ちついていただいた。

やがて、工場長や人事課長がかけつけ、漸く先生の機嫌はなおった。

先生は、武藤社長に寄せ書きをしようと言われ、皆で葉書に社長宛の初めての思いをしたため合った。

先生との出合いはこの様な、先生の大声のみの印象で始まった。

もう三十年近くなる。火曜会というグループがある。隔週火曜日、鐘紡の東京事務所で

「野田岩のうなぎ」を食べながら、昼食時をはさんでそこはかとなく語り合う会合である。

中心になる人は、佐々木直さん（元・日銀総裁）と土屋清先生であった。その他には大蔵省、外務省、通産省の局長、次官のＯＢ、エコノミスト、マスコミ人、約十五名位のレギュラーがいる。

三十年の間には何人かのメンバーが亡くなった。武藤絲治元鐘紡社長、福良俊之氏、平沢和重氏、伊原隆氏、牛場信彦氏、後藤基夫氏、鶴見清彦氏、酒井俊彦氏、そして創立以来の事務局責任者、一高を六年かけた名物男として知られた橋爪克巳さんも数年前に亡くなられてしまった。

土屋先生は、出席される度に話題の中心となり、例によって大きな声で、どんなむずかしい問題に対しても、快刀乱麻、明快な結論を下していた。もちろん、余り明快すぎて大きな間違いもあった。

——いやー。まいった。まいった。大はずれだった!!

大声で頭をかきながら部屋に入ってこられた。

選挙の票よみ、為替レートなど大はずれがよくあった。

しかし、先生の大はずれは愛嬌があった。

火曜会は隔週だが、私が、稲山経団連会長の政策懇談会メンバーとなって、毎月一回の主要テーマについて、予備知識を得るため先生のレクチャーをうけるようになった。

小さな、名刺大のメモカードに、びっしりと数字が書き留められており、それを手にしながら、明快に論旨を展開し、明快に結論を出された。

私はこのレクチャーで、毎回、懇談会では自信をもって意見の発表をすることが出来た。

或る時、先生に、「河合栄治郎先生の著作がなかなか手に入らない。今日、河合先生の思想ほど日本にもとめられて居る時はない。何とか集大成した全集が発行されないものでしょうか」とたずねたところ、

「私の兄の土屋実が社会思想社の経営に当たっている。一度、相談してみましょう」といわれた。やがて待望の「河合栄治郎全集」が見事に完成した。

先生から「月報にあなたも書いて下さい」といわれ、「私は河合先生を存じ上げないし、門弟でもありませんので」とお断りしたところ、

「著作を通じて得た思想上の師弟ほど得難く尊いものはない。是非、書いて下さい」といわれた。

江上照彦氏の河合栄治郎伝（別巻）の月報に「遂に相まみえざるの師、河合栄治郎先生」と題してしたためたのはそういう次第であった。

私の思い出の中にある土屋清先生は、

――度の強い眼鏡、大きな声、明快、である。

八　松下幸之助相談役
――昭和の最高傑作――


松下さんは、昭和の日本資本主義が生んだ最高傑作だったと思う。

資本主義は、いうまでもなく私有財産制と自由競争を二本の柱としている。

二十世紀は、あらゆる面において革新的なことや、画期的なことが生起し、或いは消滅した。

政治、社会、経済の面において、社会主義、なかんずくマルクスが説いた科学的社会主義程、巨大な影響をもたらしたものは、他の比肩を許さないであろう。そしてしかも、二十世紀が終ろうとしている頃、その社会主義はあらゆる面において行きづまり、ひと呼んで「壮大なる実験のみじめな失敗」という。

これに反して、資本主義は、数々の誤りを克服して、資本主義に立つ人類に、大きな繁栄と進歩をもたらしている。

戦争、それも小は個人間の争いから国家の間の争いまで、自由競争のもたらす悪しき面を取り除けば、すばらしい物質面の豊かさを実現させることを戦後の日本資本主義は、証明してみせた。


しかしその資本主義の最大の欠陥は、私有財産制度と、自由競争が、物質のゆたかさを実現はしたが、精神、こころの豊かさをむしろ貧しくしたことにある。

松下さんの偉大さは、事業の神様とか、日本一の所得王を長年つづけ、日本一の遺産を残したことはない。

それは、物のゆたかさとともに心のゆたかさを求め、物のゆたかさ以上に心のゆたかさの尊さを説き、求め、実現しようとしたことにあった。

――水道哲学と自らいわれるように、ただの水、天から恵まれた水と同じように、人間の必要とする物を、ゆたかに生産し、人々に提供しよう、という考え方に立った。

まず人々の生活をゆたかにする家庭電器製品に手をつけ、他の競争会社をまき込んで、今や日本人は、世界で一番機能にすぐれ、品質がよく、安い製品にかこまれている。

松下さんは、それに満足せず、戦後すぐ、P・H・P・(繁栄を通じて平和を)という運動をはじめ、その研究所をつくり、挺身された。それのみか、日本の政治の貧困、堕落を改革しようとして、松下政経塾を設立し、自らその塾長となられた。

死に至るまで、生きぬいて、自分だけでなく、世の中のすべての人の、物と心のゆたかさを実現しようとした。

松下さんの偉大さは、自分のためでなく、世のため、人のために自分の人生を捧げようとされたことである。


松下さんとの個人的な思い出はつきない。

昭和四十三年、四十五歳で社長になった頃、「伊藤はん、ガンバリなはれや。あんたはんがしっかりやらはったら、企業の若返えりがすすみまっせ」といわれた独特のやわらかく温かい関西弁が耳に残っている。

昭和四十八年、第一次中東戦争があり、石油ショックが始まった頃にお会いした時、「伊藤はん、これは大変なことでっせ。昭和の初期の恐慌よりひどいことになる。長ごうつづくつもりで、徹底的に守ることや」といわれた。

私が五十の坂を越えた同じ頃、「私が五十の時は、丁度終戦の時や。何もかものうなって無一物になった。そして人生をやりなおした。伊藤はん。あんたはんはこれからでっせ」といわれた。

何時の頃だったか、松下さんと空港の待合室で一緒になった。緊張と尊敬の気持をもってオーバーをぬいでご挨拶したが、後にこのことを松下の役員会で紹介され、「今どきの若い人には出来んことや」とほめられたと聞いて身のちぢむ思いをした。

「ごきげんさん。しっかりやりなはれ」という短い言葉でさえも、松下さんの全身に、何かいい知れぬ力が溢れ、霊気があった。

九　天才的な三人の友
――村野弘二・平林直樹・中村義数君――

昭和十五年、神戸一中（現・神戸高校）恒例の弁論大会で、文芸部長であった私の処に、異色の二人が出場を申し出てきた。一人は村野弘二君、一人は平林直樹君である。

村野君はピアノの独奏、平林君は何やらむずかしい演題の弁論であった。当時、弁論大会で音楽の部の出演者は、多くの場合、ピアノ演奏であり、曲目は、これまた多くの場合、ショパンか、ベートーベンであった。

ところが、村野君は、自分の作曲したものを演奏するという。しかも、彼は独自の音楽理論をもっていて「これからは、不協和音の時代、つまりドビッシィー、ジャズの時代がくる」といい、三曲程、不協和音で一貫した自作の曲を演奏した。

ベートーベンや、ショパンを聞きなれた生徒達は、一瞬ポカンとした。演奏した後も拍手はためらいがちなものであった。弁論大会終了後の講評で、音楽担当の金健次先生が、――私は何と講評していいか分からん。とも角、自分の作曲を堂々と演奏したことに感服した。と何だか意味のとりがたい講評をした。村野君が――誰も、何も分かってへん。と憮然とした顔で、その後、私に語ったのを忘れられぬ。

村野君は音楽の天才的な才能をもっていた。五年卒業と同時に上野の音楽学校の作曲科を受験した。学科は文句なくパスしたが、独学のためピアノ実技で落ちた。一年間、専門家について猛練習し、昭和十七年、見事に上野音楽学校の生徒となった。

ソフト帽子に背広のユニークな音楽学校の制服を着て、日曜日、日吉にあった慶応の寄宿舎に、私を訪ねてくれて、終日、芸術論に花を咲かせた事が、昨日の様に想い出される。

文芸部が編集した校内誌「暁鐘」に、私が作詞した第二校歌的なものに即座に曲をつけてくれた。また、紀元二千六百年の祝典曲が、国として信時潔氏によって作曲されたのに応じて、神戸一中からも捧げようではないかということになり、村野君は、長考一週間、忽ちにしてピアノ協奏曲を作曲したのである。

村野君が、何時、何処で、戦死したのか、知らない。目を閉じると、音楽学校のユニフォーム姿で、寮の私の部屋の窓辺によりかかり、楽しげに音楽を語った、村野君の柔和な顔と、明るく澄んだ声が、浮かんでくる。

平林君は、何年の頃だったか、休学して吾々の学年に編入された。天才的な国文学的素質をもち、ポーカーフェイスで、大人びていて、然も恐ろしい程の博識であった。

当時の神戸一中文芸誌「暁鐘」にある万葉集についての一文は、とても中学生の作品とは思えない。

国文学については一家言をもって居り、早くから新仮名遣いを持論とし、その作品も、編集者である私がいくら要求しても、断固として自説の仮名遣いを押し通した。また文中に、当時の中学生としてはおだやかでない表現があり、一考を促したが、これまた、彼は笑うのみで変更をしなかった。

　吾々の学年は、神戸一中始まって以来、初めてという大量の高等学校受験失敗者が出た。天才・平林君も一高受験を失敗した。誇り高い平林君は、直ちに方向を転換した。多くの者が、補習科、或いは予備校に通う中、彼はその年の夏、海軍兵学校を受験し、入校し恩賜の軍刀を手にして卒業した。


　弁論大会の時、彼が、何をテーマで話したのか残念ながら失念した。否、失念する程のハプニングが起きたのである。

　弁論大会のプログラムも終わりに近づき、やおら、平林君が演壇に立った。ところが、彼の頭脳は、当時の中学生の水準を遥かに超えて、大人も大人、専門家の領域に達している。当然、聴衆である生徒は、何が何だか分からない。アインシュタインの演説をきくのもかくやとばかり、忽ちガヤガヤワイワイの私語が始まり、騒然となった。と、その時であった。壇上にあった平林君が、もっていた原稿を机に叩きつけるや、――お前達の様な豚どもに、俺の話が分かるか！　と大喝、さっさと降壇してしまったのである。

　ベートーベンが昔、宮廷で、自分の作品を演奏した時、騒然たる紳士、淑女に浴びせたセリフと同じであった。

司会者の私が、どの様にしてこの場をとりつくろったか。平林君の演題とともに、私はどうしても想い出せぬのである。

平林君が、何時、何処で、戦死したのか、知らない。目を閉じると、教室の片すみで何やらむずかしい本をよみふけっていた平林君の、老成した顔と、やや、鼻にかかった声が、浮んでくる。

昭和十一年四月、神戸一中の一年級一組の組長は中村義数君であった。彼は、兵庫県下の有名な精道小学校の特別推薦でトップ入学したという天才少年であった。青年の様なニキビ面、大人の様な話の内容、習字の手本の様な見事な筆跡、何もかも十三歳の少年の域を遥かに超えていた。

或るきっかけから、私は彼と急に親しく話し合う様になり、無二の親友となった。中学の一年から、三年まで、彼と過ごした時間は、他の誰よりも多かった。下校の時、話がつきず別れるのが惜しく、神戸の街をあてもなく歩いた。元町にあった阪神会館の映画館に立ちよって、映画をそっちのけで、何時間も語り合った。少年の頃ながら、人生を語り、文学を語り、芸術を語り、お互いの家に泊り合った事もあった。

中学四年の頃、彼は突然、ラグビー部に入った。私達の間は急に遠くなった。ラグビー部に、何故急に彼が入部したのか、ラグビー部に居た、四年、五年時代、彼がどの様に生きていたのか分からない。

卒業が近づいた頃、各自、進学志望校の決定をする事になった。思いもかけず、中村君は、上級進学を断念し、就職することになった。何か深い事情があるかの如くであった。

昭和十七年、私が慶応の予科生として日吉の寮にいた頃、突如、中村君から長文の手紙が届いた。その頃、北支に在勤していた私の父と偶然会い、父の宿舎で、父の懐に抱かれて寝たという一文であった。

——君の父上から、天から与えられた使命を知れといわれた。自分は、君の父上の温かい懐に抱かれて一晩、まんじりともせずに明かした。然し遂に、自分はその使命を悟る事が出来なかった。

一別以来、自分は、或る商社に勤務し、今、北支で原棉の買い付け業務を行っている。僅か二年で、自分の人生、生活は一変した。今、自分は、身元を明かさねば、中国人からも、中国人と思われる程、中国語に不自由もせず、中国の生活になれた。然し、心は、常にあてもなくさまよっている。自分は、自分のこれからが分からない――

私は急いで、返事を認めた。然しついに中村君の返信は来なかった。

終戦となり、喪心（そうしん）の日々を郷里で送って居た頃、私は突如、無性に人に会いたいと思った。

何よりも、中村君に会いたかった。

――君はきっと生きている筈だ。君のことだ。どんな逆境にあっても、君は生きている。会いたい。――

然し数日後、宛先人不明の符箋のついた私の手紙が送り返されて来た。

中村君が、何時、何処で、死んだのか、知らない。目を閉じると、生田河畔のあの木造の校舎の一室で、希望に輝いていた少年時代の中村君の、人なつかし気な顔と、のどをならす様なさびた声が、浮んでくる。

ああ、過ぎゆきし、少年の時よ。

多くのなつかしき友よ。
空しき戦争と、そして苛酷な歳月が、そのなつかしき時代を涙でくもらせる。

美しき晩年のために

美しき晩年のために

八木義徳という作家が「美しき晩年のために」という小説を書いている。

美しき晩年を迎えるには——想い出多き人生を送ること、然もその想い出は、未完の、満たされなかった想い出が多い人生であるという意味の事をいって居る。

その小説を読んだのは戦後間もなく、たしか、中央公論であり、読んだ時、どうしてであろうかと意外の感がした。

美しき晩年とは想い出多き人生、そして想い出とは、美しく、楽しく、満たされたものであった方がよいのではないか。

その方が美しき晩年を迎え得るのではないか。そう思ったのである。

あれからもう三十年以上たった。私も、そろそろ晩年を迎える年となった。一世代を三十年とするならば、還暦を迎える六十というのは二世代であり、六十を超えれば、もういつ

「死」を迎えてもよいという心境にならねばならぬ晩年といってよいであろう。

私達は今、間違いなく晩年を生きようとして居る。晩年という言葉は何となく暗く、何となく淋しくひびく。

人生を一日にたとえれば、夜明け前は幼年時代、朝方は少年時代、午前中は青年時代、午后は壮年時代、そうすれば六十をすぎた時代は何時に当るのであろうか。私は日没前の、あの静かな、平和な、美しい夕陽が、万物の影を長く地上に落とす時のように思える。夕陽が沈んでゆく。その時、万物の影は暗闇に没する迄、長く、濃く地上にのびてゆく。

想い出は満たされぬより満たされた方がよい。未完よりも、完結された方がよい。「死」の前に、自分の人生の中に、思い切り長くそして濃く影を落とし、それが、美しく、楽しく満たされた方がよい。

それは、その瞬間瞬間に、自分の全てを尽し、自分の全てを賭けて真剣に生きることによって可能となる。

未完の如くして完結して居る。果されない様で果されて居る。大切なことは、その時、自分の可能性の全てを尽くしたか否かである様に思う。

慶応の予科時代、僅か一年有半。学徒応召によって中断され未完に終った青春時代であった。然し私にとって、予科時代は、決して未完ではなかった。あの時代、私は私の全てを尽して生きた。

あとがき

『天命』は、日本経済新聞、「あすへの話題」に掲載されたものを一部添削した。登場された方々にはご迷惑もあったことと恐縮している。また、今になってみると、人の見方が皮相にすぎ、あまり適切でもなく、当方のみの思い入れで見当が外れて居たり、あまりふさわしくない表現もあった。人とはむつかしいものである。

千字という字数制限のため、苦心があった。見直すと舌たらずの感をまぬがれない。

末尾の論語原文は山田勝美「論語」（福音館書店）によった。私はこのポケット版をいつももち歩いている。

『読書日記』は、雑誌『選択』に掲載された。これを読まれた難波田春夫先生が、「伊藤君、缶詰め食べてますね」と辛評された。当時、私は多忙を極め、読書どころではなく、再三、途中降板を編輯者に求めたが叶わなかった。

大部分は、十年以上前に読んだ時のメモである。「師は畏るべし」であった。

『忘れえぬ人々』は、かつて辰野隆氏に同じ表題の名著があり、むかし読んだ本の中でも、まことに忘れ得ぬ書であった。

ここにとり上げさせて頂いた方々は、難波田先生を除いては何れも故人。

生きていてよかった。そう思わせる人と出会うくらい幸せなことはない。しかも、その人が亡くなってしまうぐらい悲しく、空しく、淋しいことはない。

せめて、自分の心の中に、生きつづけていてほしい、そして想い出の中で、自分が生きる勇気を与えてほしい。


『今』――。この写真を雑誌『丸』でみたとき、全身、震えがくる程の衝撃をうけた。今も、見るたびに涙を押えることが出来ない。

戦後四十年たって、あの大戦についての日本に対する評価が、否定的にいろいろいわれるが、本当の意味でまだその評価は定まっているとはいえない。外国の人によってでなく、日本人自らが徹底的に論争、評価せねばならぬ。

歴史に対しては、生き残った、また戦争を知らぬ人だけが論ずる権利資格をもつのではなく、今は声もないこの人々こそ、誰よりも大きな権利資格があるであろう。

こうして、いままで書いたものをふりかえって読み返してみると、気恥かしい思いにかられる。
しかし、はたから見るとおかしいように大真面目に、人生のある時期を生きるのも一つの生き方であろう。
私も、いまは「耳順（じじゅん）」の年代にある。これからは少しは力をぬいて、肩ヒジ張らず、あるがままにすべてを肯定し、楽しみをひろげて生きてゆきたい。

あとがき追記
天命出版後、文中の左記の方々が亡くなられた。謹んで敬弔いたします。
岸信介、佐々木直、大久保泰、五島昇、松下幸之助
松岡敏郎、野尻智、真川伊佐雄
春日一幸、岡崎忠

（敬称略）

平成元年八月十五日記

掲載文初出一覧

天命

「今」

「今」　昭和十九年、ニューギニア・カミリ飛行場守備隊全滅の英霊に捧ぐ　鐘紡社内報・　五一・八・一五

読書日記

一　河合栄治郎全集―その一―　雑誌「選択」　六一・一月号
二　中国の赤い星　〃　六一・四月号
三　毛沢東選集　〃　〃　一部未発表
四　暗い波濤　〃　六一・七月号
五　軍艦長門の生涯　〃　〃
六　連合艦隊の最後　〃　〃
七　戦艦武蔵・戦艦武蔵ノート　〃　〃
八　竜馬がゆく　〃　六一・一〇月号
九　徳川家康　〃　六二・一・四・七・一〇月号
一〇　共同体の提唱　雑誌「財界」五一・一一・一号
一一　河合栄治郎全集―その二―　日本経済新聞　五五・七・二二
一二　二つの祖国　サンケイ新聞　五九・四・一六
一三　風景との対話　信濃毎日新聞　六〇・一一・一七

忘れ得ぬ人々

一　小泉信三先生　毎日新聞　五五・一〇・二〇
二　難波田春夫先生　日本経済新聞　四四・八・一六
三　和辻哲郎博士と詩人・高村光太郎氏　未発表　六三・七・三
四　河合栄治郎先生　河合栄治郎全集別巻月報　四五・一一・三〇

五　石田退三会長　石田退三追悼集　五五・六・二六

六　篠島秀雄会長　篠島秀雄追悼集　五〇・九・二五

七　土屋清先生　土屋清追悼集　六二・一二・一六

八　松下幸之助相談役　雑誌「経済界」　平成元・五・三〇

九　天才的な三人の友　神戸一中四十二回生誌　六一・一・一六

美しき晩年のために

慶応　柴笛会誌復刊号　六〇・三・二六

伊藤淳二（いとうじゅんじ）
大正十一年七月十日、中国青島市に生れる。昭和二十三年慶応義塾大学経済学部を卒業。同年鐘淵紡績（現鐘紡）に入社。昭和三十六年取締役。昭和四十三年社長に就任。昭和五十九年七月から会長。昭和六十年十二月、日本航空の副会長を兼務。昭和六十一年六月会長に就任、昭和六十二年三月日航会長を辞任す。

本書は、経済往来社（下村亮一社長）から昭和63年に刊行されましたが、同社の廃業により今回、復刻されました。

天命 復刻版

平成二十九年九月三〇日 初版第一刷
平成二十九年十月十七日 第三刷

著者 伊藤淳二
発行者 伊藤寿男
発行所 株式会社テーミス
〒一〇二―〇〇八二
東京都千代田区一番町13―15
印刷製本 シナノ印刷株式会社

ISBN 978-4-901331-32-6
定価は、カバーに表示してあります。